AF280473

Ich möchte aufhören zu fragen, aber man lässt mich nicht. Als du damals meine Hand hieltest und ich mir nichts sehnlicher wünschte als dir zuzulächeln, passierten Tränen meinen Handrücken, die aus deinen Augen entflohen. Ich dachte eine Sekunde, dass sich nun ein Meer in meiner Hand sammeln würde und dass es möglich wäre für dich, einfach unterzutauchen, um dieses Bild zu vergessen. Doch da schloss ich meine Hand und Fluten ergossen sich zwischen meinen Fingern. Ich wollte ja lächeln, aber ich war schon lang ertrunken.

<u>Buch:</u>
Getrieben von der unbegreiflichen Schönheit eines Moments, von den fesselnden Sackgassen eines Leids und dem Drang, das Leben radikal zu leben, entstand dieses Buch. Es ist wie eine Tür, welche durch einen Spalt einen Streifen Licht freilässt. Dieses Buch erzählt von dem Versuch diese Tür weiter zu öffnen, um das Dunkel mit Licht zu fluten.

<u>Autor:</u>
Sina Opalka wurde am 06.06.1990 in Gießen geboren. Sie durchlief den gymnasialen Zweig einer Gesamtschule und beschloss einen Tag vor Beginn der Oberstufe, diese nicht zu besuchen. Schon früh begann sie mit dem Schreiben, Fotografieren und Malen, sodass sie bald erkannte, dass sie der Kunst verfallen ist. Später folgten Kurzfilme und Videos. Mit 15 präsentierte sie ihre Texte auf der Marburger Lesebühne. Mit 16 zog sie von zu Hause aus, fing an zu jobben und herauszufinden, was sie wirklich wollte. Im Oktober 2008 wird sie ihr Studium an der freien Kunstakademie in Essen beginnen. Momentan lebt sie mit ihrem Freund in München.

Weitere Informationen über Sina Opalka und ihre Kunst finden Sie unter:
www.weilesmichmorgennochgibt.de

Sina Opalka

WEIL ES MICH MORGEN NOCH GIBT

Gedanken

Bibliografische Information der Deutschen Nationalbibliothek:
Die Deutsche Nationalbibliothek verzeichnet diese Publikation in der Deutschen Nationalbibliografie; detaillierte bibliografische Daten sind im Internet über http://dnd.d-nb.de abrufbar.

Herstellung und Verlag: Books on Demand GmbH, Norderstedt
Umschlagfoto: Sina Opalka
Umschlaggestaltung: Sina Opalka
ISBN 9-783-837-058-116
www.weilesmichmorgennochgibt.de
sina@weilesmichmorgennochgibt.de

Für meine geliebte Mama

Vorwort

Manche Menschen sagen, dass man gewisse Dinge erst in einem bestimmten Alter schätzen und zu verstehen lernt.
Dazu gehört zum Beispiel die Liebe, nach welcher wir alle auf der Suche sind oder es schon aufgegeben haben. Tag für Tag gehe ich meine Wege, die mich oft in Gassen führen, die ich nicht kenne und unter diesen gibt es Orte, die mir Angst machen und mein Herz fürchterlich schütteln und es mit einem Schubser nach ganz weit hinten befördern. Es gibt aber auch Orte, die mich beleben und eine Euphorie in mir erzeugen, dass der Gedanke platzen zu können auf einmal realistisch erscheint. Dann, in diesen Momenten, denke ich an die Liebe. Daran, dass die Angst nur noch ein Hauch von Gefahr sein könnte und dass es möglich ist, Glück auf Dauer im Herzen zu tragen. Es sind die Momente, in denen wir meinen, niemand auf der Welt wird dies jemals so empfinden und sehen wie wir, genau in dieser Sekunde. Es ist nur ansatzweise möglich nachzuvollziehen, welcher Empfindungsgrad in diesem Moment eine Rolle spielt. Das liegt daran, dass wir alle in einem anderen Haus wohnen, uns ein anderes Herz am Leben hält und unser Kopf nach einer anderen Vergangenheit handelt. Wir alle streben nach verschiedenen Zielen, möchten anderes erreichen und im Kern jedoch zieht uns alle ein und dasselbe in die fast gleiche Richtung. Die Liebe. Für die Liebe möchten wir leben und sterben. Für die Liebe möchten wir schön und frei sein. Für die Liebe möchten wir endlich vergessen, dass es nur uns gibt, um welchen wir uns sorgen müssen. Für mich ist es

eine Art Instinkt, zu lieben und zu geben. Erkennen zu können, wer meine Liebe annehmen und verstehen kann. Gleichzeitig in dem Moment meine Vergangenheit und meine Persönlichkeit am Leben lässt und sie nicht im Gegenteil mit verständnislosen Worten versucht zu korrigieren. Frieden wünsche ich mir in den Tagen, in welchen ich beginne zu zweifeln an Worten, die mich am Leben halten. Manchmal frage ich mich wann der Schmerz aufhört zu kratzen, jener Schmerz, der mich befällt, wenn ich all diese Menschen sehe, die vergessen zu fragen und uninteressiert an dem Miteinander sind. Ich mag es, wenn ein Mensch sich positioniert und profiliert, wenn es ihm nicht an Ausdrucksstärke mangelt und seine Worte den Punkt nicht verfehlen. Wenn dieser Mensch weiß, worauf es ankommt und nicht vergisst sich umzudrehen. Doch kann ich nicht leben mit jenen, die vergessen, dass der Erfolg des ethisch Richtig-Seins nicht im Handeln des Egoismus seinen Anfang findet, sondern in der Erkenntnis zusammen Liebe zu erschaffen. Es interessiert niemanden, wenn ich durch die Stadt laufe und am liebsten schreien möchte und fragen möchte: "Soll das schon alles gewesen sein?!" Dieses Gefühl macht mich taub und es schmerzt mich so tief, dass ich vergesse, was ich eigentlich noch erledigen möchte. Es führt mich an meine Haustüre, meinen Schlüssel ins Schlüsselloch und mich unter die Decke. Dort vergrabe ich mich dann und warte darauf, dass mich jemand anruft und mir sagt, dass er jetzt verstanden hat, was ich gerade gedacht habe und dass er jetzt bereit ist mit mir zu kämpfen... und sei es auch für Jahre, denn lohnen würde es sich sicher. Ich vergesse nie Menschen an die Hand zu nehmen...

dies können wir auch mit einem Lächeln. Ich weiß es ganz genau, wenn wir uns anlächeln, einfach jeden, dann würden alle wir zusammengeführt und allein durch die Gewissheit, da gibt es noch jemanden, keine Angst mehr haben uns zu verpassen. Denn ich weiß, ich bin nicht die Einzige, die sich unter Tausenden alleine fühlen kann und ich bin auch nicht die Einzige, die manchmal das Gefühl hat auf dem falschen Planeten zu leben. Und dann, wenn man meint diesen Menschen ein bisschen gefunden zu haben, dann gibt es diese Lücke. Diesen einen Raum, in welchem die Zeit still steht und man sich allein voneinander ernährt. Die Momente, in welchen ich mir alles lebendig rufen kann. Wenn dieser eine Mensch einen ganz tief drinnen berührt hat, dann weiß ich, wie es sich anfühlen würde mit diesem Menschen hinter dem Fenster auf der gegenüberliegenden Straßenseite meiner Wohnung zu sitzen, was wir dort reden würden und wie es wäre, sich gegenseitig anzuschauen und wie sehr es schmerzen und rumpeln würde auf dem Brustkorb, wenn allein nur der Gedanke an eine Berührung aufleuchtet. Wie sehr in diesen Momenten der Atem stockt und vor allem, wie sehr diese Welt und dieses eine Leben Sinn ergibt. Man stellt sich keine Fragen mehr über nichts, weil man weiß, dass alles, was man jemals getan hat und wo man jemals war, nur für diesen einen Moment ist. Nur dafür, dass man genau in dieser Zeit, an diesem Tag hinter genau diesem Fenster sitzt und genau diesem einen Menschen in die Augen schaut und nicht mal die Sehnsucht weniger wird, wo man sich doch unmittelbar nebeneinander befindet. Und genau dann weiß ich, dass es egal ist, wie alt ich bin und woher ich komme, denn ich weiß jetzt schon, dass die Liebe mein Ziel ist.

***

Ich küsse jeden deiner Wirbel einzeln, die sich unter deiner Haut abzeichnen. Mit meiner Fingerspitze lerne ich deinen Nacken auswendig und ich vernehme dein aufgeregtes Lächeln, als ein sanftes Betäubungsmittel meiner Sinne. Mein Bauch zeichnet sich warm an deinen Rücken und der Wind erzählt den Bäumen draußen tuschelnd unser Geheimnis. Äste tanzen aufgeregt vor Freude an dem Fenster entlang. Deine Stille macht Musik und ich empfinde dich als ein Gewitter in meinem Brustkorb. Ich weiß nur wie du dich anfühlst, wenn wir uns nicht in die Augen schauen. Ich kenne dich auch nicht und es machte dir nichts aus, dass die Liebe mich noch nicht oft in ihren Armen wiegte.

Von dir mag ich lernen. Von dir möchte ich mich führen lassen durch die Wälder dieser Welt. Ganz selten ertappe ich mich dabei, mir vorzustellen, wer anderer zu sein. Wie es dann wäre, dich zu lieben. Wäre es leichter oder einfach nur so... Liebe eben. Und würde ich dann vielleicht nicht ganz so sehr das eventuelle Ende suchen, um mich besser darauf vorbereiten zu können. Ich weiß es nicht und verewige nun deine Schulterblätter auf meinen Lippen.

Manchmal fühlt sich dein Schweigen wie schmelzender Schnee auf der Zunge an, der kalte Wunden brennt. Dann würde ich dich gerne fragen wieso, aber ich weiß, dass du die Antwort nicht kennst und darauf wartest, dass ich sie dir mit meinem Warten erkläre. Mein Herz bräuchte einen Regenschirm für deine aufwühlenden Blicke und ganz vernehmen kann ich die Worte des Windes draußen noch nicht. Du bist wie der Wind. Ich spüre dich und ich sehe, was du anrichtest. Ich genieße dich und lasse mich

von dir frei machen und dennoch lenkst du die
Richtung, in welche mein Leben zieht.

***

Es ist immer wieder dieses Haus.
Regierend steht es auf der anderen Straßenseite.
Gepflastert mit identisch großen, kahlen Scheiben.
Sein Dach fährt Geschütze aus, als wollte es den
Himmel durchlöchern,
den Regen spalten.

Meine Schlaflosigkeit, die meine toten Lider in die
Knie zwingt,
doch das Haus es bleibt,
wie ein aufgeklebtes Bild auf meiner Netzhaut.
Dieses Haus liebt keine Farben, denn meine Augen
sind zu schwach zum lügen.
Ich verfolge meinen Nacken, der meinem Kopf den
Weg zu den Geschützen erleichtert.
Ich sehe ihn dort hängen.
Aufgespießt.
Mein Denken gespalten, wie mein Herz
durchlöchert.

Ich sehe meinen Körper in geduldiger Ruhe auf die
Fensterbank beugen,
wie mein Kinn den Aufprall schwer erlebt.
Meine Lider, wie mit Sprungfedern gespickt, auf
und ab fallen.
Es macht mir Angst dieses Bild.
Dieses Haus, es verdrängt mich unter seinem
beschützenden Beton.
Ich lösche es aus, dieses Haus.

Ich möchte es nicht mehr sehen.
Es ist nur noch eine Faser von Trauer,
als ob der Himmel nicht mehr regnen könnte.

Ich klage dich an, du Haus,
dass du meinen Blick in diese bröckelnden Mauern
genagelt hast
und es mit meiner Angst unterm Dach treibst.

Ich will es vergessen, dieses Haus.

∗∗∗

Es fiel mir nicht schwer, niemand für dich zu sein und es fiel mir auch nicht schwer, dein Sonnenuntergang zu sein, aber ich habe es nie gemocht, den Grießbrei klumpig zu essen oder gar die Löcher im Gartenschlauch mit all meinen kleinen Fingern zu stopfen, während ich den Schnittlauch und den Augentrost goss. Doch schwer fiel mir immer zuzugeben, dass ich dich liebe und dass ich vielleicht nicht mehr ohne dich leben kann. All das ist lange her und du bist schon zwölf Kapitel zu Ende. Wir sind wieder nur ein Teil des riesigen Fotoalbums dieser Welt und die Ausgeburt des unübertreffbaren Verstandes der Natur. Ich falle schwer, aber niemals tief, denn dein Vorhang weht immer dann, wenn ich an deinem Fenster vorbeilaufe. Meine Ängste sind Berge hoch. Berge voll Schnee, die du stetig mutig versuchst zu erklimmen. Wir sind eine Handvoll glücklich und unsere Worte stellen sich in einem Anflug aus Sinnlosigkeit tot, während dir die Luft ausbleibt. Wenn ich deine Wege gehe und du meine beendest, fällt mir auf, wie sehr ich du sein will. Wie sehr ich es verweigere, ich zu sein und wie sinnlos es ist zu träumen. Ich würde Brücken bauen, die einstürzen, wenn du drüber läufst. Jeden Tag, wenn ich aus dem Fenster schaue, fühle ich, dass Post heute fern bleiben wird und dass auch die Tauben den Weg zu meiner Fensterbank nicht mehr finden werden. Jeden Morgen, wenn ich aufwache und denke, dass ich lebe. Jeden Morgen, wenn ich aufwache und denke, dass ich erst wieder aufwachen möchte, wenn deine Reise an die Bergspitze beendet ist.

***

An das Meer

Du wehst mich sachte,
zaghaft fordernd in deine Klauen,
verfängst mich
in deinen tanzenden Schritten,
überflutest mich mit mir selbst.
Schreist mich schweigend an
und wartest dein ganzes Leben lang.
Auf mich? Auf mich!
Denn ich kann dich erklären,
wenn mir das Herz in deinem Salz ertrinkt.
Ich kann meine Seele in dich hinein schäumen,
so wie du mir deinen Zorn
gegen die Beine schmeißt.
Du schlägst Wellen in meinen Bauch
und machst Liebe mit dem Sand,
wie ich da stehe und mir wünsche,
unter einer Muschel zu wohnen,
als ein Sandkorn,
welches in dir sein zu Hause findet.
Ich verzeihe dir. Ich fliehe nicht.
Ich kann dich denken sehen
und handeln ohne zu überlegen.
Du bist ein Held, denn du lässt die Sonne,
den Mond, die Wolken, den Himmel...
das ganze Universum über dir wohnen.
Und mich trägst du in dir,
wie ich dich in mir.

An das Meer.

***

Als ich damals meine Kleider weg warf, strich ich meine Wände orange.

Dein Geruch mit beißender Farbe zu übertünchen erschien mir die beste Lösung, um Deine klebenden Hände aus meinem Kopf zu bekommen. Nackt saß ich dort auf dem Boden und habe Zigaretten geraucht. So lang, bis meine Lunge verstopft schien. Das Weinen habe ich gar nicht erst angefangen und stattdessen der Luft einen Stoß gegeben. Ich wollte zeitlos sein und in der Bewegung erstarren, damit ich keine Schmerzen mehr ertragen musste. Die Zeit ließ sich aber nicht an meinen Willen anbinden und so schleifte sie mich unaufhörlich zu jedem ihrer Lieblingsplätze. Mit ihm unter der Decke, mit ihm am Tisch. Mit ihm schlafend. Mit ihm lachend. Mit ihm streitend. Dann ließ ich es geschehen. Ich ließ die Zeit meine Erinnerungen unaufhörlich ficken, bis sie vor lauter Schweiß und Zuckungen erschöpft am Boden lag.

Und dann lachte ich kurz. Die Farbe war getrocknet.

***

Wilde Tänze um mein Leben.
Wildes Weinen in der Phantasie.
Wir haben den Preis verloren.
Die Einsamkeit gewonnen.
Wir haben zusammen Angst
wenn wir alleine sind,
und nicht wissen, wie es weiter geht.

Wo ist der Glanz Deiner Augen?
Wo sind Deine Ohren?
Habe ich sie umgebracht?

Wo ist das Weiße in dem Dunklen,
wenn ich versuche zu sehen.
Ich habe den Himmel rennen sehen
und ihn in meinen Händen geformt.
Geformt, damit Du ihn siehst.
Hab Dir die Luft abgeschnürt,
damit Du nicht schreien musst.
Hab mich für Dich unsichtbar gemacht,
damit Du Farbe annehmen kannst.

All die Wärme,
die sich in der kalten Nässe verfangen hat.
All das Blut an Deinen Worten,
wie sie rau an Deiner Lippe hängen bleiben und sich
auf den Weg in meinem Kopf übergeben.

Mit dem Kopf steh ich hinter Deinem Versteck.
Mit meiner Liebe
versuche ich Dich wieder zu beleben.

Bitte, verlass mich nicht.
Mein Kopf klebt
zwischen vertrockneter Farbe
in Deinem Bild.
Deine Hände, die die Welt
in meinem Bauch umkreisen.
Lebe mit mir
all das verschmierte an den Fenstern.
Springe auf mir herum,
gib meinen Füßen das Gras.
Ich pflanze Dich neben mich.
Nagel Dich an die Wand.
Meine Haut wird sterben.
Die Erde wird sich nicht mehr
um die Sonne drehen
und der Mond sich nicht mehr
um die Erde.

Ich schmeiße Dich von der Linie in
meine Unendlichkeit.
Lege Dir mein Leben in Dein Denken.
Gebe Dir das Licht,
um mich zu lesen.

Schau neben Dich
und sehe mich dort liegen.
Die Augen auf. Die Hände zu.
Die Ohren nicht vorhanden.

Geknäult, was wir weggepustet haben,
verfangen uns in unseren Fingern,
wenn wir loslaufen wollen.

Gib mir, was Du nicht hast.

Erinnere Dich an mich, wenn es mich nie gab.
Liebe mich, wenn Du nicht weißt, was es ist.
Das kleine Leben in Deinem Herzen.

Lass mich zu Wort kommen,
wenn ich stumm bin.
Zeige mir all das Schöne,
wenn ich blind bin.

Zeige mir, wer ich bin,
wenn ich es nicht weiß.
Sieh das Schöne hinter dem Hässlichen,
wenn wir uns aneinander fesseln
und all die andern vergessen,
wenn wir nicht mehr wissen,
dass es einen anderen Ort gibt.

Sieh mich auf dem Boden spielen,
wenn ich verlernt habe,
Kind zu sein.
Sei meine Wahrheit,
wenn ich nicht mehr lügen kann.

Nun rennt die Nacht
und nicht mehr der Himmel.
Ich kann nicht mehr formen.
Kann meine Worte nicht mehr formen.
Mich nicht mehr bewegen.
All das Große in seiner Pracht...
wie ein Herzstillstand.

Als ich Dich liebe.

***

Es bleibt mir verborgen, wie ich handeln könnte, um ein Glück herauszuschlagen. Tiefe Traurigkeit nistet sich in mein Herz, wenn ich die Stimmen der Menschen höre, die ich liebe. Die Stimmen, deren Leben leider nicht sehr glücklich verliefen. Jeder dieser Leben hatte einen Moment des Friedens und der vollkommenen Ruhe. Ich wünschte mächtig darüber zu sein, diesen Moment zu verewigen, um meiner Unruhe ein Ende zu setzen. Wieso die Chancen auf ein schönes Leben so versteckt blieben, lässt sich sicher erklären, doch dies würde eine Anstrengung abverlangen, die nicht mehr aufzubringen ist. Ich fühle, dass der Zeitpunkt nun gekommen ist sich darüber klar zu werden, dass es nun vorbei ist. Dass Worte nun keine Wirkung mehr hervorrufen. Sie sind nun vollkommen überflüssig. Dies spricht für Taten, doch selbst diese verlieren sich in einer müden Sinnlosigkeit, die meine Menschen überfällt. Das Gefühl, tot zu sein und dennoch den Atem in der Lunge zu spüren, ist eine Perversion, die ich der Seele vor-werfe. Dieser Qual ausgesetzt zu sein, ist nicht da, um aufgeschrieben zu werden. Denn spätestens dann ist es nicht mehr möglich, es zu beschreiben. Der Anblick der Körper, die dieser Folter ausgesetzt sind, versetzen mich in einen Vergleich von Gut und Böse. Ich frage mich, was das Wesentliche im Leben ist und was wichtig, was unnötig ist. Dennoch bleibt es mir verwehrt, eine allgemeingültige Antwort zu finden, da ich gelernt habe, dass es den meisten verborgen bleibt nicht in Extreme abzuschweifen. Man ist nicht mehr befähigt dazu eine Masse zufrieden zu stellen. Da gibt es nur noch das Ausrechnen von vielen verschiedenen Mathe-aufgaben. Und diese Zahlen werden immer höher und der Lösungsweg einfach zu kompliziert. Menschen möchten sich addieren und das Ergebnis einer Addition ist nun viel zu oft das eigentliche Ergebnis einer Subtraktion. Um sich zu kombinieren, um ein Leben zu führen, welches alleine nicht so sehr mit Farben schoss, schließen die Menschen ihre Augen. Dieser Moment ist der philosophischste und dramatischste Moment in den meisten Leben. Es ist das vollkommene Vertrauen auf das Herz, wo das Vertrauen heute doch eher auf den Augen liegt. Was wir sehen, glauben wir und was wir sehen, finden wir entweder schön oder hässlich. Es verhält sich wie auf einer Bühne. Menschen, die den Mut haben ihre Augen geschlossen zu halten, fallen zu Ende meist auf die Knie und flehen. Flehen etwas an, was es nicht gibt. Etwas, was sich vielleicht hinter einem zweiten, unsichtbaren Vorhang verbirgt. Als Zuschauer mag man dies gern glauben, denn was wir nicht sehen, muss unsichtbar sein. Und was unsichtbar ist, ist das Nachdenken darüber nicht wert. Doch diese Opfer auf den Knien sind in der Lage, an etwas Unsichtbarem zu zerbrechen. Sich dafür herzugeben. Sie sind dem lebenslangen Glück und zugleich Fluch unterlegen, in den Farben zu malen, die das Leben für die Leidenden allein erfunden hat. Diese Farben können sprechen, lügen und Liebe machen. Ein unendlicher Liebesakt mit dem Leben. Sie sind in der Lage dazu ihr Leben auf den Höhepunkt zu schaukeln und dessen Schweiß zieht sich Bahnen in verschiedene Länder und Türen zu Menschen, die eine Offenbarung für sie bereithalten. Es ist ein Kampf zweier Liebenden, die sich ineinander krallen und einander tief und unverwundbar in die Augen schauen. Während sich das Leben in ihnen ergießt, kräuselt sich ein Lächeln um die offenstehenden Münder und ganz zuletzt schließen sich die Lider erschöpft und müde. Doch manchmal, wenn das Leben seiner Lust überdrüssig geworden ist, nimmt es diese Menschen und packt sie an den Haaren. Reißt den Kopf nach hinten, um ihnen lechzend in die vor Angst weit aufgerissenen Augen zu blicken. Das Weiße so unendlich klar und tief, dass es sich vor Bosheit über die Lippen leckt. Dann haucht es sanft über den gestrafften Hals, der die Kehle, wie einen spiegelglatten See freilegt und erzittert bei jedem Ton aus diesem Hals. Es beißt zu und seine Zähne bohren sich in diese Kehle, saugen und zerren alles an Tiefe heraus. Jedes Vogelgezwitscher, das Rauschen von Wasser, selbst die schüchternen Annäherungsversuche der Sonne auf der Haut dieser Menschen fühlt sich nun an wie eine Vergewaltigung, die lang geplant nun bis in die Seele greift und sie auf ewig schwärzt. Nun sind sie eine Figur in einem Kästchen. Eins, welche die Musik spielt, die das Leben komponierte. Sie sind gezwungen, Menschen für immer und ewig in diesem Takt zufrieden zu stellen. Sie sind ganz einfach das Amüsement eines Lebens geworden, welches keine Lust hatte zu fragen.

***

Sie: "Ich glaub hinter meiner Brust wohnt ein
Mensch!"
Er: "Wie kommst du darauf?"
Sie: "Na da klopft´s hinter meiner Brust!"
Er: "Hast du denn eine Ahnung, was dir dieser
Mensch mitteilen möchte?"
Sie: "Nein... ich kann diesen Menschen nicht
verstehen. Kannst du mir denn sagen, wer er ist?"
Er: "Ich glaube dieser Mensch bin ich, der da
klopft..."
Sie: "Wieso klopfst du denn?"
Er: "Weil ich darauf warte, dass du mir die Türe
öffnest!"

***

Ich glaube, es verschluckt dich,
wenn es zum Fenster rein schaut.
Wenn das Zick Zack
dir ins Gesicht rutscht
und du tausend Leben sterben lässt.
Du versuchst deine Kruste
mit schwachen Fingern abzuschaben.
Das Haar nass wird
und dein Verstand trocken bleibt.
Die Lücke, die sich nie füllt
und deinen Ausdruck nicht verändert.
Ich in mir hängen bleib,
das Licht nicht ausknipsen kann,
weil mein Mund am Schalter klebt.
Meine Finger, die nicht wissen,
auf welche Fläche sie gehören.
In der Luft stehen geblieben
und den Sprung mitgerissen,
den Schrei auf der Schwelle vergessen.
Ein Schritt zurück durchschossen
und die Gedanken hindurch gefädelt.
Die Konturen unausgesprochener Fetzen unter
deinen Menschen
in den Boden gestampft
und auf Neues gewartet.
Wenn dann die Luft
aus dem Regen scheint,
grinst man schief
und verpasst die eine Stunde
zwischen dem Moment,
in welchem man Vergangenheit
träumen kann.
Die Löcher in dir sind vollgestopft
mit Schnipseln,

die ich dir aus dem Kopf gezogen habe.
Die Ritzen zwischen dem Schritt
und dem Stück renovierter Welt.
Mit meinem Atem verstopft
und eingerahmt.

Auf der Rückseite aufgehängt.

***

Sie hat ein Tonband. Manchmal nimmt sie es zur Hand und erzählt ihm von den großen Wiesen, die sie von ihrem Balkon aus im Wind wiegen sieht. Oder sie erzählt ihm, wie es sich anfühlt in einem Zug zu weinen, wenn man eigentlich glücklich sein sollte. Heute ist ein Tag, den sie nicht entziffern kann. Sie vergisst sich in dem Strudel aus unbekannten Wegen und knallenden Türen. Hat sie heute nicht ein Häufchen Elend gerochen. Sie läuft zu den Wiesen, damit Sie sich in ihnen verlieren darf.

Er liegt im Bett. Es ist laut in seinem Kopf. Es schlägt Alarm. Er bewegt sich nicht und schläft in seine Verzweiflung hinein. Er webt Träume in das gestickte Kopfkissen und hat Lust auf Schokolade. Gestern war sein letzter Tag im neuen Leben. Er steckt den Dreck in einen seiner hintersten Gedanken und lässt Töne sterben, als sie aus den Lautsprechern erklingen. Dort liegt ein Buch. Getrocknete Buchstaben auf Papier erzählen ihm ein Drama von einer jungen Frau, die niemals auch nur einer zu Gesicht bekam.

Sie bläst in den Wind aus dem Fenster hinaus und hinterlässt Spuren. Sie bemerkt einen Fleck auf dem Fensterglas und wischt ihn weg. Obst verfault. Luft gefriert, wenn sie das Haus verlässt. Vielleicht für nur ein paar Stunden oder einen ganzen Tag. Vielleicht für immer. Nur wenn ein Quietschen ertönt, leuchtet die Gefahr im Blickwinkel eines Augenblicks und nur dann rollen Lippenstift und Taschentücher über befahrene Straßen.

Wasserperlen rollen die Haut seines Rückens in Kurven hinunter um abzufließen. Er hat beschlossen wach zu sein, aber seinen Weg nicht zu gehen. Die Fenster sind fest verschlossen und auf dem Boden vor dem Bett liegen Schokoladenpapiere. Er hat seine Lust gestillt. Ob dies das letzte Mal gewesen sein wird?
Die Töne jedoch sind schon tief vergraben.
Doch ein Rest steckt noch in seinem Rückenmark. Das Wasser will unendlich fließen und das Prasseln bedroht die trainierte Stille in diesem Körper.

Sie steht in der Mitte des Zimmers. Zwei Tage sind vorbei, in denen sie die Fenster nicht mehr geöffnet hat. Sie ist sich nicht sicher, ob sie bereits erstickt ist oder noch ächzend nach Luft ringt. Vielleicht wird sie es erfahren, wenn der Boden nachgibt und das geplatzte Blut sich verflüchtigt hat. Auf der anderen Seite ihres Augenblicks entdeckt sie Haarnadeln, die sie sich mal gekauft hat, um damit gelegentlich hübsch auszusehen.

Sie hat vergessen, wie sie ihn retten kann.

***

Vergiss, dass ein Splitter
von mir an deiner
Wange das Blut zwingt
zu tropfen.
Leck dir die Strafe
in Sekunden aus
der Sünde,
du Süßes,
du Gestalt, du festes
Leben in mir.
Du Moment, der Druck
lastet wie tausend Tode vor
der Wiedergeburt.

Schrei mein Halt,
ohne zu fallen
war ich glücklich,
so wie Honig,
klebrig, süß an meiner Fingerspitze,
umspielt die Risse,
das Pulsieren
in der Unterlippe.
Blut pocht,
spritzt unter der Haut,
versteckt sich der Wind,
der Sturm
und beherrscht
die Takte meiner Schenkel,
weil der Ruck vor Entzückung
im Nacken, an der Lunge,
kurz vor dem Mund,
hinter den Augen

in Fetzen die Unendlichkeit
mit schwachem Fleisch beschenkt.

Geholt hab ich es dir
und der Kringel an der Unterseite,
Schweißperlen mit erregender Mühe
den warmen Bezug
von roter
Herrlichkeit bestreicht,
dir ein Wort abbricht,
auf der Zunge
in den Rachen zurückfällt,
gezwungen von der kalten Brise
aus der Richtung
der brennenden Hitze.

Und ich abrutsche,
mich unter dir,
auf dir verstecke,
gebe ich das Zeichen,
reiß mich
mit zarten Fingernägeln,
beschrifte mich
mit angstvollen Blicken,
ich schenke dir den Blick,
wenn das in mir
den Höhepunkt umschlingt,
verschlingt mein platzender Mund,
dir dein riechendes Auge
diesmal den Wahnsinn schenkt.

***

Ich möchte dieser Seite sagen, dass sie nicht fähig dazu ist meine Welt zu zerstören. Dass ich genug Kraft habe, ihre Stimmen zu ignorieren und mich nicht in eine Falle locken lasse, die kalt und beißend zuschnappt, wenn ich Vertrauen gefasst habe. Die Angst bahnt sich langsam und schwarz wie Öl einen Weg durch Erinnerungen und verdrängte Erlebnisse. Macht hier und da eine Pause und verseucht mit ihrer zähflüssigen Schadenfreude alles Bunte um mich herum. Ich möchte nicht dagegen kämpfen, denn ich kann von meinem Weg abkommen. Ich laufe Gefahr mein Ziel aus den Augen zu verlieren und da zu enden, wo ich beginnen wollte. Ich flehe oft etwas an, was es nicht gibt. Dennoch sehe ich es überall. In Schaufenstern und hinter Augen fremder Menschen. Ich möchte einfach jemanden in den Arm nehmen und darum flehen, mich rein zu lassen. Irgendwo rein, wo es warm und sicher ist. Wo keine Pfeile mir tief ins Fleisch meiner Gefühle bohren. Es ist, als würden sämtliche Anker in Zweifel ertrinken, denn selbst diese sind schwerer. Wie ein Vorhang mache ich dicht, wenn der Tag hereinbricht. Nur dieser beleuchtet die Angst so hell, dass sie zum Greifen ist. So, als sei sie in der Lage, meine Ausflüchte mit Worten zu manipulieren. Ich sehe, wie sie Gespräche mit den Menschen um mich herum führt. Hoch interessiert tut und mir teuflisch von der Seite zuzwinkert. Ich schaue schnell unter mich und knete meine Finger, denke angestrengt darüber nach, wo ich als erstes hinrennen könnte. Mir fällt nichts ein. Ich bin völlig leer und kann meine Worte in das riesige Maul meiner Angst fallen sehen. Sie werden zerkaut und geschluckt, verdaut und vergessen. Da stehe ich dann, versuche angestrengt mich an mich selbst zu erinnern und zu fühlen, wie man sich als der Mensch fühlt, der ich bin. Es ist ein Ratespiel. Ich sehe mich und versuche herauszufinden, was zu mir passen würde. So wie man das tut, wenn man jemanden auf der Straße trifft und anhand seiner Bewegungen und Äußerungen versucht heraus zu finden, was an diesem Menschen besonders ist. Die Augen fallen trüb unter meine Füße und kullern wie Murmeln langsam in die großen Klauen der Angst. Nun habe ich meine Sicherheit völlig verloren. Orientierungslos laufe ich mitten in den großen, kalten Bauch meiner Angst und rieche die fortgeschrittene Verwesung meiner Seele. Ich kann mir nur vorstellen, wie sie ausschaut. Ein Massengrab aus Hoffnungsschimmern, die nicht mehr glänzen, sondern matt vor Staub schon fast unsichtbar geworden sind. Es ist ein trostloser Ort. Einer von diesen, die man nicht erleben möchte. Niemals. Und das Schlimme ist, dass diese Angst nicht zu rechtfertigen ist. Vielmehr ist sie die Wurzel, die den Spott am Leben hält. Und diesen zu erleben ist für die Angst, wie die Kirsche auf dem Sahnehäubchen. Würde ich lernen, diese Wurzeln nicht mehr zu gießen, wüsste ich, den Gestank dieses Ortes nie wieder riechen zu müssen.

***

Das Gedankenpiano des Mädchens lässt sie in Moll erklingen und lässt es in Moll regnen. Mit der Zunge fängt sie dicke Tropfen und schmeckt dabei, dass fliegen wie ein Regenschirm mit Löchern ist und lieben wie ein Tod, der in Schweißperlen vergisst, wie sterben geht. Tropfen biegen Grashalme und neigen sich vor der Erde. Sie klimpert im Kopf ihr Leben in Spalten und fragt sich Fragen, die sich hinter Vogelhäuschen und Straßenschildern verbergen. Sie sucht. Sie denkt. Denken ist wie das Auswringen eines alten Putzlappens und Melodie ist wie Schnee, der niemals schmilzt, auch wenn Asphalt Sohlen verbrennt. Kalte Rauchschwaden stehlen sich aus ihrem Mund und kringeln die Welt, die sich vor ihr krümmt und ihr ein Schicksal bastelt. Mitten aus grünen und blauen Augen liegt eine rote Vorstellung, die im Schlamm erstickt. Ihre Haare riechen nach Tannennadeln und sie liebt seinen Atem. Sein Atem ist wie das Schälen einer Orange und der Saft, der klebt. Und Wände sind wie Glück und Hässlichkeit, die das Mosaik aus Mensch und Luft puzzeln. Der Himmel schläft ein Lied und das Mädchen versinkt im Rausch eines hellen Morgens, der sie in unbelebte Straßen verschlafener Lider und Gemüsemärkte treibt. Sie spiegelt sich in einem Dunst, der sie schwer vorantreibt. Ihre Ohren flüstern Taubheit ins Herz. Ihre Schritte spielen mit dem Staub auf der Straße und Türen verschließen sich, wenn sie liegt, wenn sie schläft. Wenn ein Morgen vergeht und sie mit Traurigkeit belegt. Und der Traum von Freiheit an Fenstern und Fahrradschlössern gefriert.

***

35

Ich bestehe aus Starkstrom
Und begehe meinen Fehler
Präzise und gekonnt
Ganz tief schlage ich ein
Asphaltiere dich in meinen Gedanken
Baue ein Gerüst um meine Gestalt
Doch du stürzt mich ein
Dann fließe ich um deine Schenkel
Schenke dir einen Schock
Der die Glieder zermalmt
Und mir für eine Sekunde
Das Atmen verbietet
Ich stehe auf dir drauf
Bin fest in dir verwurzelt
Und der Tag deines Todes
Wird auch meiner sein
Wie ein Turm wachse ich
Bekenne mich meiner Schuld
Und du lässt mich auf dir wohnen
Wirst zu meinem Gerüst
Die Stöße in deinem Bauch
Führen direkt in mein Haus
Weilen undurchsichtig wie Milch
In meinem Herzen
Selbst wenn ich daraus trinken könnte Würde ich
nicht unsterblich
Wichtig ist nur
Dass du mich nun
Nicht mehr finden musst
Ich bin schon da oder bin es gewesen
Ich bestehe aus Starkstrom
Und begehe meinen Fehler
Präzise und gekonnt
Ich schwimme auf deiner Oberfläche

Und lasse mich in deinen Mund treiben
Kraule durch deinen Speichel
Und kitzle dich an deinem Gaumen
Wickle mich in deine Zunge
Du lässt es zu
Hast keine Wahl
In dir kann ich nicht ertrinken
Nur erliegen kann und werde ich dir
Dein Mund spuckt Worte
Aus die mich manchmal treffen
Eines am Kopf
Ich fliehe kletternd in deine Speiseröhre
Erklimme Felsen
Und lasse mich in ein Bett aus Moos
In deinen Magen fallen
Du zuckst
Krümmst dich
Würgst
Spuckst mich aus
Mich spuckst du aus
Ich vergesse mein Zittern
Verpasse dir einen Stromschlag
Nur einen leichten
Fast ist es lustig
Ich sehe dich blau anlaufen
Und frage mich wie du das wohl machst
Ich weiß dass du springen wirst
Und ich mit dir
Jetzt wo wir uns auswendig gelernt haben
Und wissen wie es ist
Sich in dem andern zu verlaufen
Wäre es nicht zu intim
Dem Anderen beim Sterben zuzuschauen.

Wenn nicht neben,
dann vor dir
Wenn nicht vor,
dann hinter dir
Wenn nicht hinter,
dann über dir
Wenn nicht über,
dann unter dir
Wenn nicht sichtbar,
dann in dir

Ich bin überall
Und immer bei dir

***

Als das Mädchen zehn Jahre alt war, wusste es nicht, dass es einmal in Schweden in einem roten Haus wohnen möchte. Damals wusste es auch nicht, dass es bei Melodien versucht ist zu sterben. Sie hat oft geschwiegen, wenn es an der Zeit war den Mund aufzumachen. Manchmal hat sie sich vor die Waschmaschine gesetzt und dem Rotieren der Trommel zugeschaut. Dabei hat sie Fingernägel gekaut. Am liebsten mag sie es, die Beine fest an Brust und Bauch zu ziehen, während ihre Gänsehaut auf dem nackten Knie tanzt. Die Gedanken, ihre Zehen blau anlaufen zu sehen, verschwinden nicht. Die Menschen, die sie eingefroren hat, interessieren sich nicht für die Träume, die gegen die Kacheln klopfen. Während sie klopfen, blättert immer ein Stück Putz mit ab und verfängt sich in ihrem dichten Haar. Manchmal wartet sie an der kleinen Ecke neben dem warmen Café, wo nicht einsame Menschen miteinander lächeln und Zigaretten rauchen. Sie steht dann da, ob Sonne oder Regen, und denkt nur an die Melodien, die sie weiter hinab in die kalten Straßen ziehen. Dort versucht sie, Einsamkeit zu lieben und im Regen zu verwelken. Doch kaum merklich ohne es zu wollen, blüht sie bei jedem Schritt in die Welt hinein und verfängt sich in der Zeit, die ihr kalten Tee vorstellt und betroffen die Schultern zuckt.
Dabei schlürft sie ihre Gedanken, die sich ziehen wie zähes Kaugummi. Immer wieder fragt sie sich, in welchem Winkel der Welt sie sich verloren hat.

***

Ich hab dich auf der Brücke über dem kleinen Bach,
wo wir früher Staudämme gebaut haben, verlassen.
Ich hab dir einen Kuss auf die Backe gegeben und
meinen Kopf gegen deine Brust geschlagen. Wo
warst du in all den Stunden, in denen ich zwischen
Häuserreihen umhergeirrt bin und vergeblich deinen
Namen gesucht habe. Auf der Straße bin ich getip-
pelt, bis Autos gehupt haben. Hast du da im Bett
gelegen und das Kissen über deinen Kopf gelegt und
dich gezwungen nichts zu hören?
Heute habe ich dich nicht vergessen. Heute habe ich
dich aufgefangen, als du aus meinem Herzen fallen
wolltest. Ich hab dich ganz nach oben in meinen
Kopf gesetzt und darauf gewartet, dass du mir
erzählst, dass Sonnenblumenkernbrötchen das Beste
zum Frühstück sind und dass du es so magst, wenn
meine Füße unter der Bettdecke hervor schauen.
Stattdessen war es, als reiße dich jemand aus-
einander. Dein Gesicht war nur noch ein Stück
meiner Erinnerung. Deine Stimme nur noch ein
Fetzen, der mir im Ohr kitzelte.
Ich hab dich tausendmal aufgefangen und
tausendmal vergessen.

Meine Erinnerungen verblassen.

***

Es ist, als würde dich jemand wach küssen und dir zeigen, wo das Leben mit dir Fangen spielt. Wenn du merkst, du hast dich im Schlaf verloren, weil du vergessen hast zu atmen, wenn dir das Herz aus dem Munde tropft und eine müde Zunge danach verlangt, du steif wirst und deine Schritte schneller werden lässt, dir dabei das Klacken nicht vorhandener Absätze auf kalter Straße in die Ohren summst, und bemerkst, dass du heute vergessen hast mit den Fingern die Rillen der Steinmauer abzufahren und dabei an den Geruch einzelner Stimmen zu denken, die dir deine Gedanken erklären. Stück für Stück lässt du dich in dampfendes Wasser rieseln, schaust zu, wie Tropfen für Tropfen dir ein bisschen Geschichte deines Schweigens erzählt. Und lügst den Himmel an, wenn er dir Schutz gewährt. Wenn du merkst, du weißt nicht mehr wie Liebe funktioniert, fängst du an, deine Splitter aus der Erde zu graben und Menschen zu pflücken. Wenn der Winter in dir nicht mehr kalt sein wird, werden auch die Menschen nicht mehr erstarren. Du wirst die Runde dieser Sonne an diesem Himmel drehen und die Frau lieben mit den tiefen Narben im Gesicht. Sie wartet auf dich in der gelben Telefonzelle, in der sie ihren Atem riecht und die Nacht beweint. Und die Nacht gräbt ein tiefes Loch in den Kopf dieser Frau, die du lieben wirst. Du hast einen roten Schal um und deine Nase läuft, wenn du versuchst dich heute an deinen Namen zu erinnern, weil das Laufen durch Regale dir das Blitzen deiner Augen wiederspiegelt und du nicht mehr rennen kannst, in die Löcher fällst, die du einst gegraben hast ohne nach vorn zu schauen.

***

Lebloses Fallen in deine Hände, die mich mit Kummer tapezieren, mit vertrocknetem Speichel ankleistern, der an meinen Lippen hing.

Ich hänge mich in dir auf und dann frage ich mich, wann mich der letzte Zug nach Hause bringt. Dann lege ich mich auf die Bank mit dem Rücken zur Welt und denke daran, dass ich fliegen konnte, als ich dich auf dem Boden im Schnee gefunden habe. Ich habe dir einen Zettel um den Hals gehängt, darauf stand: "Abgeholt".

Dann habe ich mich neben dich gesetzt und zwei Tage geschwiegen. Dabei ist die Welt erstickt und wieder auferstanden.

Ich wollte dir sagen, dass du zu groß für mein Herz bist, aber ich hab es dann doch nicht getan. Ich habe es aufgebrochen und dich rein gesteckt und nicht an deinen Atem gedacht. Mein Schatten, welcher mich in dem Winkel eines Hauses versteckt hat.

Er hat mir das Kleid vom Körper gerissen und mich mit Dreck beschmiert.

Ich sitze noch neben dir. Das Schild liegt nun in einer Regenpfütze und ich sehe dich langsam dahin tropfen. Dabei fällt mir ein, wie Nagellack schmeckt. Mein Kopf schmeckt bitter, wenn ich ihn mit der Zunge in der Luft aufschnappe. Die Zweige, die nackt im Himmel hängen, spießen die letzten Fetzen eines Aufleuchtens unserer Augen auf und kaltes Laub verstopft mir meinen Mund.

Ich würde gern schreien, dass ich deine Schritte zwischen meinen sehen mag und dass du mein Wort von mir mit Seilen umschlingen sollst und es dir an die Tür hängen magst.

***

Die Welt steht auf rot. Der Himmel ist stehen geblieben.

Sie läuft. Sie trägt eine schwere, rote Tasche. Die Schulter schmerzt. Sie liebt die sterbenden Asphaltsteine unter ihren Füßen. Sie läuft. Die Häuser zählt sie nicht. Die Menschen blubbern leise in ihrem Kopf Purzelbäume. Sie läuft über. Sie fließt unmerklich in den Rillen sterbender Asphaltsteine entlang. Sie fliegt. Sie pflückt ihr Herz im Mantel eines frierenden Menschen. Sie weint. Sie hatte mal eine lila Bastelschere. Mit ihr hat sie Wünsche in Formen geschnitten. Sie friert. Sie hat Gänsehaut. In der Küche stellt sie Wasser auf. Es kocht noch nicht. Sie schaut aus dem Fenster. Der Wunsch, es würde regnen. Die Bettwäsche ist auch kalt. Nur kurz, denkt sie, mag sie sich hinlegen, nicht lang die Augen schließen, vielleicht. Sie fühlt den Schlaf nicht. Das Wasser kocht. Ihre Haut brennt. Die Augen ertrinken. Sie wacht auf. Der Wunsch, es würde aufhören zu regnen. Sie erstarrt. Nur kurz der Wunsch, alles wäre vorbei.

Das Wasser, es brodelt nicht mehr. Sie vergisst wie. Als ob sie noch da wäre. Sie schließt die Augen. Der Wunsch, sie wüsste noch wie. Die Augen bleiben geschlossen.

***

In Gedanken fliegt sie zum Mond und besetzt ihn für hundert Jahre. Hundert Jahre, in denen die Welt sich verändert und langsam ihr Bild vergisst. Ihre Schatten dort unten werden immer blasser und sind irgendwann so dünn, dass man sie in einen Briefumschlag sperren könnte.

Der Gedanke befreit sie von der Angst, wie es sein könnte zur Welt zurück zu kehren. Der Weg wäre lang und würde sie mit einigen Gefahren konfrontieren, die ihre Entscheidung selbst noch auf halbem Wege umschmeißen könnten.

Sie nimmt sich vor, mutig und stolz zu kämpfen und dem Mond mit Worten immer die Liebe zu schenken, die er ihr in diesen hundert Jahren mit seinem Schutz schenkte. Ihr kommt der Gedanke, ob die Welt wohl herzlich und groß genug ist, um den Mond mit ihr zu empfangen. Man könnte doch einen zweiten Himmel mitten in ein riesen Haus bauen und da den Mond mit ihr wohnen lassen. Doch ist sie sich nicht sicher, ob die Welt das für sie tun würde, denn der Mond ist schon groß und würde wohl einiges an Komplikationen hervorrufen.

Der arme Mond, denkt sie. So allein... so weit oben. In den hundert Jahren allerdings, da war er glücklich nicht allein zu sein und als sie ihm unter Tränen sagt, dass sie nicht ohne ihn gehen mag, da schaut er sie mit großen, lächelnden Augen an und entgegnet: "Hab keine Angst mein Kind... ich bin die Einsamkeit gewohnt. Nur sie lässt mich leuchten und dunkel sein. Sie zwingt mich zu nichts. Ich muss keine Angst vor Veränderung haben und auch nicht vor Konkurrenz. Der Vertrag ist schon lange unterschrieben und das auf ewig. Ich werde diesen Ort nicht verlassen, weil er mein zu Hause ist. Du hast vor langer Zeit dein zu Hause, deinen Lebensraum verlassen und das war sehr mutig, gleichzeitig jedoch sehr feige. Ich glaube fest an dich und an die Kraft einen neuen Vertrag mit dir und der Welt auszumachen. Doch in diesen Vertrag passe ich nicht hinein. So verlässt du mich nicht, sondern kehrst zurück zu dir selbst und dann, mein Kind, wirst du mir näher als jemals zuvor sein."

Als er dies sagt, laufen ihr Tränen über ihr Gesicht, die schamlos in dem Licht des Mondes wie leuchtende Tinte Verzweigungen auf ihre Wangen malen.

Ein wenig ist sie eifersüchtig auf die Einsamkeit, aber auch sie braucht wohl einen Freund. Zum Abschied nimmt sie den Mond in den Arm und streichelt ihm langsam über seine Wunden, die tiefe Krater in seiner Haut hinterließen. Wie oft boten sie ihr Schutz und eine Nische zum träumen. Kurz bevor sie zum Sprung hinab auf die Welt ansetzt, haucht er ihr ein wenig Licht von sich ins Herz und weint eine Träne hinauf auf ihren Kopf und sagt: "Dieses Licht wird halten und helfen in jeder Stunde, in welcher dein Licht entfernt von dem Leuchten bleibt und diese Träne wird all deine Tränen ersetzen, die du vor langer Zeit schon vergossen hast."

Sie lächelt den Mond diesmal an und senkt den Blick nach unten, wo sie die Welt schimmern sieht und sich einbildet, sie vor Aufregung zittern zu sehen. Sie glaubt, ihre Erde freut sich und kann es kaum erwarten mit dem Licht ihres Glücks und den Tränen ihrer Traurigkeit beehrt zu werden. Und als sie schon auf halbem Wege ist, findet sie in ihrer Manteltasche ein Stück vom Mond und beginnt zu

verstehen, dass es nicht des Mondes Wunden waren,
in welchen sie hundert Jahre Schutz fand.

***

Ich würde das hier gerne für dich singen, aber das kann ich nicht. Ich spreche, nein ich lese. Ich lese dir meine Liebe zu dir von Papier und wünsche mir dein Herz mit Unvergessenem zu sprenkeln. Dir muss ich nicht erzählen von mir und meinem Kopf. Du siehst, wenn ich schweige. Du siehst, wenn ich weine. Du fühlst, wenn die Angst, die mich beherrscht, wieder ihr Spiel mit unseren Gefühlen treibt. Ich mag dir danken, dass du mich beschützt, wenn ich selber nicht weiß, wie es geht. Manchmal wissen wir beide nicht, wie leben geht und dann ziehen wir an unseren Nerven und ich rieche deine Spuren immer wieder. Du machst, dass ich nicht weiß, ob mein Herz dem Verstand oder der Verstand dem Herzen hinterher rennt.

Ich klau dir ein Auto und pflanz' dir einen Garten vor das Fenster. Ich schenk' mir dich und gehe dabei das Risiko ein, meinen Kopf zu vergessen. Weil ohne dich bin ich nur halb und mit dir bin ich manchmal zu viel. Ich würde den Weg von Schmerz zur Träne gerne einbetonieren und dir deine Vergangenheit in säurehaltiger Flüssigkeit dem Teufel wünschen, damit du mit mir ein neues Kapitel anfangen kannst. Ich würde gerne meinem Kopf Fallen stellen und den übermächtigen Kräften der Angst und der Zweifel den falschen Wegweiser überreichen. Ich möchte dich nicht an mich kleben, aber immerzu überfällt mich das Gefühl ohne deinen Sauerstoff nicht atmen zu können. Wenn ich der Schutz bin, darfst du schwach sein und wenn du schläfst, kann ich dein Kissen sein. Ich möchte mit dir zusammen altes Silberbesteck auf einem Flohmarkt kaufen, nachts auf einem Bordstein sitzen und dir zu Liebe ein Bier trinken. Ich will, dass die Bettwäsche nach uns beiden riecht und ich morgens deine und du meine Socken anziehst. Ich mag dir Brote schmieren und dich dann anmeckern, weil ich keine Lust mehr habe, die Musik der Nachbarn zu hören. Ich mag mit dir einen schweren Weg gehen, damit Liebe nützlich ist. Ich bin Ich, weil du mich siehst. Ich mag dir die Löcher in deinen Hausschlappen stopfen und drei Tage eine Klischeetante sein und dich mächtig nerven. Ich mag mit dir die Welt entdecken und dabei dich und mich frei von Schatten machen. Wenn das nur so einfach wäre. Das ist es nicht. Aber es ist zu schaffen. Selbst mit einem Menschen, wie mit mir. Mit dir bin ich Marsmensch und Gesellschaftsparasit. Aber das ist schön, weil du Spaß machst. Du bist mein Lebenswert.

Aber, wenn ich mal ganz klein bin, dann weißt du, wer ich bin. Und wenn ich mal vergesse zu sein, dann weißt du, wer ich war und wenn ich vergesse Hunger zu haben, dann weißt du, wie ich Hunger bekomme und wenn ich vergesse zu lächeln, dann weißt du, wo ich kitzelig bin und wenn wir beide mal in einer Talkshow sind, bei der getestet wird, wie gut man seinen Partner kennt, dann weißt du, dass die zweiten Zehen meiner Füße größer als meine großen Zehen sind. Mensch du bist ein Held. Für mich bist du der Ritter auf dem weißen Ross. Wenn ich Putzfrau wäre, wärst du mein heiß geliebtes Dickerchen mit Fußballbettwäsche. Für dich renne ich hinter dem Zug nach Nirgendwo her und trage dich dabei auf den Schultern. Du bist der unendliche Strudel, in dem ich mich verliere.

Für dich erobere ich ein ganzes Land mit Erdbeersträuchern und ich kaufe dir Kühe und Schafe, Pferde und Schweine.

Ich bin dein Vorhang, wenn das Bild hinter den Fenstern deine Sinne betäubt. Du darfst mich leben und mich lieben. Mich küssen und mich stoßen. Ich werde doch immer da sein. Für dich.
Nur für dich.
Alles nur weil...

Ich liebe dich

***

"Des Lebens Nutte bin ich!", schrie sie in die Nacht. Versehen mit Spiegelwänden war der Raum. In der Mitte das Opfer, die Nutte des Lebens, der Welt. Ein Mensch. Ein Bild. Doch in jedem Spiegel erschien dieselbe Person. Ein Mensch in anderer Gestalt verankert in sonderbaren Hintergründen. Wie sie gedeiht in mir die Welt. In mir ist es warm genug für sie, wenn sie sich ernährt von toten Wünschen. Der Freier, der nicht bezahlt, ist willkommen.
Das Leben. Bis sie irgendwann mit dem Leben bezahlt, der Freier. Und der Nebel sich über die Spiegel legt. Sich die Lippen leckt, mit kahlem Kopf die Augen öffnet. Gefesselt an der eigenen Stille. Und jede Bewegung spuckt den Fesseln Verachtung entgegen. Bis sie das Brennen im Kopf verspürt, hat sie die Augen geschlossen und steht auf dem Dach deiner Freiheit, zertrümmert es und lässt sich hineinregnen. Und im Bett gegenüber liegt sie, lässt sich schlagen und streicheln. Reißt sich das letzte Stück Erinnerung aus dem verkommenen Herzen, das an dem letzten Stück Seil ihres Inneren hängt.
Wie bitter du doch schmeckst, süßes Leben. Durfte man dich kosten, musste man irgendwann die Augen aufreißen und doch fliehen vor den Schatten deiner greifenden Hände. Stolpern, schreien, weinen, lachen. Alles mühsam zu einem Knäuel Hoffnungsschimmer zusammen geklebt.
Es dir vor die Tür gelegt und mit vorsichtigen Fingerspitzen auf die namenlose Klingel gedrückt.
Und du zuckst, wenn es dich nimmt und gut behandelt und du stumm vor Schmerz wirst.
Und die Tür geht auf. Was du siehst, bist du selber.

***

Es ging schnell. Rasch und hart. Gewundert hatte ich mich nicht. Schließlich war dies doch das Leben. So sagte man es zumindest. Oder so zeigte man es mir. Es gab sicher eine Zeit, in welcher ich zu verstehen bereit gewesen wäre, bis mir auffiel, dass ich mit dem Verstehen zu viel Zeit brauchte und beschloss, mich doch lieber ins kalte Wasser zu stürzen. Dass ich immer wieder um mein Leben bangte, konnte meinen Entschluss jedoch nicht rückgängig machen. Ich wollte keine Bücher lesen und auch keine Ratschläge. Schließlich könnte ich die Welt als einen riesigen Sessel bezeichnen, in welchem man sich unaufhörlich therapiert fühlt. Doch einkuscheln wollte ich mich nicht, geschweige denn öffnen. Öffnen, wie sollte ich das überhaupt anstellen. Ich wusste ja nicht mal wie das ging, sich öffnen. Der Gedanke, jeder könne in mich hinein sehen, missfiel mir. Vielmehr war es vielleicht die Angst, dass man dort nichts finden könnte. Denn gelernt hatte ich nie etwas. Ich war der Überzeugung, dass alles was wir lernen uns früher oder später dazu verführen würde, ein Abbild jemand anderes zu werden. Schließlich war ich doch hier, um meine eigenen Erfahrungen zu machen. Mir ging es nicht darum von anderen zu erfahren, wie man mit der Welt umgehen sollte und schon gar nicht, wie wichtig es ist immer mit einem Lächeln umher zu laufen. Den meisten ging es bei dem Ausspruch nur darum, unser Unglück blasser zu machen. Wenn man sich nichts beibringen lässt und sich sträubt vor jeglicher erzählter Erfahrung, wird man schnell merken, dass sich eigene Wege und Türen bilden, die das Bild verrutschen lassen. Die nicht in das Bild passen, welches man gewohnt sein sollte. Und Gewohnheiten haben mich auch nie abgeschreckt, eher beschämt. Lange dachte ich, die Gewohnheit sei das Zeichen für Schwäche oder Stillstand. Doch fiel mir auf, dass ich wenig Platz ließ für Verständnis, wenn ich dies dachte. Denn ist es nicht so, dass jeder Mensch einen Anker braucht. Und heißt dies denn unbedingt, dass ein Mensch schwach ist? Nein. Da wurde mir klar, dass ich auch einen Anker brauchte und im Gegenteil mich nicht dafür schämte, sondern sogar darauf bestand. Wenn ich den Punkt in meinem Leben erreicht hatte, auf etwas zu bestehen, fühlte sich das gut an, denn genau in diesem Moment war ich meiner wie sonst noch nie vollkommen bewusst. Ich bestand auf etwas, was MIR wichtig war. Also war ich mir selbst wichtig und das machte mich glücklich. Zu wissen, dass ich tief im Inneren für mich kämpfen würde. Sei es auch gegen eine ganze Armee und würde ich auch sterben. Ich hätte es für mich getan. Doch sooft stehe ich im Krieg mit mir selbst und würde mir gerne von hinten eine Kugel in den Kopf jagen. Nur aus dem Grund heraus, endlich zu verstehen, dass ich keinen Krieg führte, um etwas zu erobern, sondern um herauszufinden, warum ich es tat. Denn ich wusste es ja nicht. Ob es generell besser ist, etwas nicht zu wissen, möchte ich nicht behaupten. Genau wie ich das Gegenteil niemals behaupten würde. Also schließe ich daraus, dass ich entweder Angst davor habe, etwas zu wissen oder Angst davor habe, etwas nicht zu wissen. So bleibt eine allgemeine Angst, die mich hindert sie auf ein kleines zu reduzieren, hätte ich den Mut für mich zu behaupten, etwas sei besser oder schlechter. Viele innere Entscheidungen, die man trifft, werden nicht gleich nach außen getragen. Im Gegenteil, oft schlummern sie Jahre in den Köpfen vieler Menschen. Doch sobald sie nach außen getragen werden, haben wir eine Art Vertrag unterschrieben. Es ist gegeben, dass spätestens nach der Offenbarung der Moment kommen wird, in welchem wir uns rechtfertigen müssen. Denn Menschen wollen Gründe, Erklärungen und Widerstand. So fälle ich keine Entscheidungen oder trage sie zumindest nicht nach außen. Durch das ständige Aufkommen neuer Erkenntnisse wächst eine allgemeine Verwirrtheit, welche die Gefahr von Widersprüchen steigert. So fühlt es sich friedlicher und einfacher an, einfach still zu sein. Und auch das ist kein Zeichen von Feigheit, eher vielleicht noch von etwas Mächtigem. Das Schweigen trägt den Charme eines Verführers. Etwas, was sich entdecken lassen möchte und vielmehr entdeckt werden muss. Und dahinter verbirgt sich manchmal mehr als Worte in tausend Jahren sagen könnten. So ist das Schweigen eine unverschämte Politik, die die Welt nicht unbedingt besser macht, aber die Energie länger am Leben lässt. Somit ist das Schweigen für mich auch nicht besser oder schlechter, sie ist nur eine Entscheidung, die man fällt. Eine von diesen, die den Reiz für Erklärungen steigert, jedoch keinen Vertrag unterschrieben hat.

***

Manchmal bin ich das Straßenschild aus dem Augenwinkel. Manchmal bin ich über dem Dach, dann wieder unter dem Tisch. Manchmal bin ich das Geräusch in den Ohren. Dann das Geklimper der Wimpern.
Dann bin ich der 54. Sonnenstrahl des Mondes. Ich bin die letzte Wolke. Manchmal bin ich das vertrocknete Gras im Schatten. Und dann der rote Fleck an der weißen Wand. Manchmal bin ich ein seltsames Mädchen und dann bin ich laut. Dann bin ich jemand der schreit und die Stille noch stiller macht. Manchmal bin ich der Staub auf den Büchern, dann der Schweiß auf dem müden Körper. Manchmal bin ich der selbst genähte
Schmetterling auf dem Rock, dann wieder die Pfütze auf der Straße. Manchmal bin ich der kaputte Tanzschuh. Dann die unfassbare Bewegung. Das Karokästchen auf dem Bettlaken. Manchmal sehe ich dich und manchmal die Streifen auf der Haut. Ich bin nicht hier. Von hier.
Ich bin der 7. Blick von dir entfernt. Ich bin auf der linken Seite der Welt. Für dich auf der rechten Seite. Manchmal spinne ich und dann wieder schalt ich mich kurz aus und warte darauf, dass mich wieder jemand anschaltet. Dann bin ich der Kratzer auf der kohleverschmierten Hand. Die blonde Locke im glatten, schwarzen Haar. Ich kann nackt sein, wenn ich mich verstecke. Ich bin der Regentropfen auf deiner Lippe.
Manchmal bin ich der kahle Baum im Sommer.
Dann wieder der endlose Schluckauf.

***

54

Das Mädchen glaubt, dass sie den Himmel nicht
liebt. Die Erde ebenso wenig. Sie verbrennt sich ihre
Zunge am kalten Kakao von morgen und kringelt
sich ihr Haar um den Finger. Wie funktioniert
Liebe?

Er: "Du?"
Sie: "Ja?"
Er: "Ich habe eine Narbe am Bauch."
Sie: "Ich habe eine Narbe vor dem linken Zeh."
Er: "Hm..."
Sie: "Liebst Du den Himmel?"
Er: "Ja...vielleicht."
Sie: "Wieso?"
Er: "Hm...weil er da ist."
Sie: "Warum weinst Du?"
Er: "Ich weine nicht!"
Sie: "Ich fände es toll, wenn ich jetzt weinen
würde."
Er: "Weshalb?"
Sie: "Ich mag kalten Tee und flackerndes Licht in U-
Bahnschächten!"
Er: "Du?"
Sie: "Ja?"
Er: "Ich habe kein zu Hause."
Sie: "Ich weiß!"

Manchmal hört das Mädchen Schreie aus den
Bilderrahmen springen. Oft denkt sie an das alte
Ledersofa im Treppenhaus und die eklig grünen
Steinwände. Wenn sie nachts nicht schläft, legt sie
sich auf das kalte Sofa und summt sich Erinnerungen an die grünen Wände. Irgendwann geht sie
mit dreckigen Füßen ins Bett. Als sie morgens die

Augen aufmacht, riecht sie das Verklebte in ihrem
Inneren. An der Tür hängt ein Stück gelbes Papier.

Sie liebt den Himmel.

Er: "Schenkst Du mir Dich?"
Sie: "Wo bin ich denn?"
Er: "Du bist in meinem Blick gestorben!"
Sie: "Ich schmerze mir"
Er: "Glaubst Du an das Meer?"
Sie: "Ich kann nicht denken."
Er: "Ich schreibe Dir das Ende in Dein Herz und auf
die Stirn."
Sie: "Wir sind für immer. Berühre mich nicht."
Er: "Ich bin da."

Sie hält sich manchmal in den Armen und denkt dabei an das rostige Geländer vor ihrer verschlossenen
Tür. Sie wacht auf und lebt in dir. Immer weiter.

Es gibt sie nicht mehr.

***

Fließend sehe ich mich
Kratzen wie ein Tier
Erhoben aus den Gräbern
Einer Landschaft
Die mit Heu verschüttet unter Wurzeln
Ein Haus baut
Gehe ich ganz langsam
Und ergreife die Nebelschwaden
Mit einem Zucken in den Gliedern
Und operiere mir meine Seele
Im Sekundentakt
Dem Gewebe des Himmels ein
Versuche ich nicht zu rutschen
Unter den tausend Absagen
Und Geschichten
Die die Welt in ihrem Hirn birgt
Denn dieses Hirn bin ich und du und wir
Und so als könnte ich Raufaser sein
Zersetze ich wie tausend Kügelchen
Eine Wand
Die sich über schlafenden Körpern
Bei einem Liebeslied verhört
Es ist wohl doch nicht die Liebe
Die sie einlud den Geruch der Körper
In ihrer Wand zu bergen
Es ist wohl die Lust
Die wie eine Landschaft ihre Wurzeln
In der Oberfläche schlägt
So verfliege ich und gieße mein Wasser
In die Hoffnung
Die einsam aber trittsicher
Ihren Sieg erfühlt.

Ich mag auf die Knie fallen,
während es regnet.
Dort die Füße eines Menschen erblicken,
der mir nicht in die Augen sehen kann.
Mir ist schlecht.
400 Augenaufschläge lang
hungere ich dich aus.
Gebe dich der Welt zurück,
die ich verschlafen mag.
Gib mir ein Stück Wand,
damit mein Rücken Halt findet.
Mein Blick zwischen Kopf
und Niemand fällt in deine Zeilen.
Ich suche nach versteckten,
eingeritzten Wegweisern
in deinem Arm.
Reiße die Schubladen
aus ihren Fächern
und trete auf deinem Besitz herum.

***

Wenn ich dich sehe, finde ich mich schön.
Mein Haar glänzt in deinem Nacken und mein Brennen hinter den Augen fängt an, sich in dein Ohr zu
schweigen.
Deine Scham hab ich mit Küssen betäubt. Wenn du
mir in das Zimmer folgst, sind wir zeitlos und
schwarz-weiß. Dennoch rieche ich die Farbe an deinen Händen. Sehe die Farbe in meinem Kopf die
Oberfläche bestreichen. Es knackst in der Leitung,
wenn ich dich nicht mehr lieben will. Ich bleibe stehen, wenn du mit mir rennen magst. Der Wind um
mich hat dich an die Wand gedrückt. Mir den Geruch deines baldigen Todes geschenkt. Die Türen
öffnen und verschließen uns. Flüstern wir uns ins
Ohr, wenn wir uns wieder aneinander erinnern können. Wir dem Trost ein bisschen Arbeit spenden und
unsere Lippen berühren.

***

Ich hab dir mein Herz verschlossen. Mir meine Augen verschlossen. Ich hab dich im Gehen vergessen anzusehen und mich nach dir umzudrehen. Ich hab dich verloren, aus der Hand, aus meinem Kopf. Ich hab dir tausend kleine Perlen geschenkt und dir mein Haar im Wind gezeigt, während ich dich mit meinen Fingern küsste. Ich habe dir Möhren und Erbsen gekocht, wenn du weltuntergehend auf unserm Tisch saßt. Wo sind all unsere Gerüche geblieben? Niemals vergessen könnend, dass weinen nicht mehr zählt. Das Mädchen von nebenan hatte immer Flecken auf ihren zu kleinen Oberteilen, das fiel dir auf, während ich die Ohren schloss und mich in den Himmel wiegte. Manchmal bin ich auf den Boden geplumpst und du hast den dumpfen Aufprall ausgelacht, weil ich dich dann gehasst habe. Manchmal habe ich mir gewünscht, dich nicht zu kennen und dich dann am Bahnhof zu sehen, dich heimlich anzulächeln und dann so ein Flattern im Bauch zu haben. Das Flattern hat sich in Schlupflöchern versteckt und ich habe es schwer aufzuwachen, wenn du neben mir liegst. Ich habe das Ende gesehen und bin dann weggerannt. Es hat auf mich gewartet.

***

Siehst du mich in der gewölbten Seite des Löffels?
Wie ich dir die Zunge rausstrecke und an das Vergangene von morgen denke. Mit der Fingerspitze am Rand der Tasse entlang fahre und dich eigentlich gerne küssen würde. Vielleicht aber mag ich dich nur anschauen und dir von dem erzählen, was mir alles so in den Kopf sickert.
Unbeschreibliche Formen, die sich in meinem Herz breit machen. Ich stell dir Fragen, die du nur mit einem Lächeln beantwortest. Weißt du, wie man mich buchstabiert? Wie man mich aufschreibt, auf ein Blatt Papier? Welche Farbe man braucht, um Schmerzen zu malen? Wie viele Augenaufschläge man braucht, um das Rasseln der Sehnsucht im Kopf zu dämpfen?
Weißt du, wie man umgefallen bleibt, wenn man nicht aufrecht gehen will?
Ich mag nicht mehr fragen. Viel lieber mag ich die alte Frau von nebenan, die sich ständig nur fragt, ob es ihren Geranien in dem dunkelgrünen Blumenkasten vor ihrem Küchenfenster gut geht. Und ich mag unter mich schauen und deinen Blick dabei auf mich gerichtet in mir drin spüren, warme Backen bekommen und kalte Zehen haben, alte Brötchenkrümel auf dem Boden finden und deine Antworten auf mich herabfallen hören.
Alles in Zeitlupe sehen und mich in einem kaputten Ende befinden, in dem ich deine Hand nicht loslassen werde. Schritt für Schritt vergessen und rückwärts in das richtige Glück laufen und dem falschen begegnen. Endlich dann, wenn wir wissen, dass glücklich zu sein kein Ding ist, sondern unser Herz. Unser Herz, welches wir dann lieben können, wenn es danach verlangt. Und ich nicht mehr unter

mich schaue, weil ich dich genau jetzt küssen mag.
Und der Sturm in mir mal kurz müde ist und wir
schlafen können.
Endlich.

***

Das Mädchen wird seine Note sein. Er darf auf ihr sticken, zerren und Töne hinaus quetschen. Ihre Wärme in Plastiktüten einpacken und einfrieren. Ihr Blut erwürgen. Sie wird ihn schließlich trinken. Seine Gänsehaut besteigt ihren Atem, der in seinen Ohren flüssig wird und unendliche Kreise malt.
Das Mädchen lutscht ihre Gedanken im Dreivierteltakt und malt ihr Ende mit blau auf Fensterglas. Warten macht die Zeit zu einem gierigen Spender von Angst, welcher Vergangenheit in das Herz ritzt und vergisst zu radieren. Er wird des Mädchens Schatten multiplizieren und sie wird sich teilen wollen, in eine Welt aus bezogenem Stoff, der Löcher hat. Durch die Löcher sieht man die Gegenwart, wie sie mit dem Daumen in den Lüften auf die Zukunft wartet, die sie mitnimmt. Beim Vergessen tritt sie in eine Lücke aus Watte und Leere, in der sie sich nackt auf dem dreckigen Fußboden liegen sieht. Durch seine schnellen Schritte wirbelt Staub auf und verstopft ihre Nasenlöcher. Gerade fiel der rote Vorhang. Das Fenster ist frei. Das Licht reißt ihm das Gesicht in tausend Stücke und leicht wie Federn schweben die einzelnen Teile in ihren Bauchnabel. Sie dreht ihm seine Worte im Hals herum und erhängt sie in ihrem Herzen. Sie greift nach ihrer linken Brust und spürt die Härte ihrer Brustwarze. Der hoffnungslose Kleister seiner verwischten Spuren verklebt ihr Atmen mit dem Denken seiner Pausen. Sie kocht ihm einen Kaffee und schüttet ihn auf das weiße Laken. Ein paar Spritzer hüpfen auf seine nackten Beine.
Sie hört das Zischen, welches nicht vorhanden war und leckt seinen Blick von ihrem Rücken. Er schmeckt nach schwarzem Kaffee. Der rote Stoff,

der auf dem Boden prangt, zieht sich fest um des
Mädchens Bauch. Sie würgt. Dann schließt sie die
Türe auf und verlässt die Reise, die sie antreten
wollte. Sie fällt von den Treppen.
Ihr Fuß ist gebrochen. Sie hinkt ihm ins Genick. Es
ist kalt und windig. Sie weht fort.

***

Ganz weit weg da sitzt er,
allein und dann doch nicht.
Ganz weit weg sitzt die Wahrheit
und wartet geliebt zu werden,
gelogen und dann doch nicht.
Ganz weit oben da sitzt sie und hofft,
sinnvoll und dann doch nicht.
Ganz weit über dem Oben sitzt die Angst,
grundlos und dann doch nicht.
Ganz weit unten liegt das Ende,
es lacht und dann doch nicht.
Ganz weit vorne sitzt der Traum,
bunter und dann doch nicht.
Ganz nah neben mir sitzt mein Herz,
geliebt und dann doch nicht.
Ganz tief in mir drin
wühlt ein verängstigter Verstand,
gerettet und dann doch nicht.

***

Ich mag vergessen, dass die Kälte unter der Haut
kein Erdbeben anrichten kann. Ich vergesse leben zu
wollen, denn mein Mund ist erstarrt. Die Worte ern-
ten verdorrtes Gras und die Farben schmecken nach
grau, denn mein Herz ist umzingelt von gierigen
Machthabern meines Kopfes. Lieber stehe ich im
Regen und schreie mir die Verzweiflung heraus, die
in Sekunden zu Stunden wurde und die Tage säuber-
lich in Erinnerungen packte. Die alten Gummistiefel
tragen Staub mit sich, wie die Blicke meiner Augen,
wenn sie schlafen gehen und das Licht ausknipsen.
Vergilbtes Licht schreit mir aus den Schaufenstern
Lügen entgegen und jagt mich fort, immer tiefer in
die tropfenden Winkel eines mit Falten gezierten
Baumes. Er spricht zu mir, denke ich, und verschlafe
die Sekunde, in der mein Atem mich gehen gelassen
hätte. Die Schritte schweigen weiterhin über ihr Ziel
und meine Hände fühlen die Krater einer miss-
brauchten Seelenlandschaft. Perlenketten wandern
zart wie deine Schläge aus Papier und Tinte über
Gänsehaut und Beton. Klebrige Massen verbinden
Wahnsinn und Lippen mit feinen Bleistiftschwingen.
Ich mag mich endlich gehen lassen.

***

Ich bleibe dein Atemzug.
Ich bleibe stecken
in deinem Reißverschluss.
Ich reiße Lippen in Blut
unter Gewalt mit Druck.
Mein Herz ist eine Woche alt
und es bleibt ein Tag,
um morgen zu sein.

Also laufe Mädchen.
Renn um deinen Sauerstoff.
Beiße in den Apfel.
Zähle all die Regenwürmer
im Regen auf dem Boden
und schneide Karotten klein.
Würfle Zwiebel und freu dich mit ihnen.
Rieche das Brutzeln.
Deine Zunge ist angebrannt.
Dein Verstand ist verbrannt.

Ich bin drei Tage gestorben.
Und auf einmal
klebte mir Unendlichkeit im Magen.
Eine Paste aus Autoabgasen,
zertretenen Erinnerungen
und Regentropfenkälte.
Bewegungen sind verstaubt
und stehen in der Ecke,
in welcher der Wind
von der Sonne vergewaltigt wird.

Wie ich.
Mich das Leben vergewaltigt.
Nicht wirklich.

Und wieder stecken geblieben.
Diesmal zwischen der Tür
links und rechts
in der U-Bahn.
Dein Gesicht reißt.

Oh wie liebe ich Dich.
Du Leben.

***

Mein Wollen hat sich zwischen alten Papiertüten und Stoffresten versteckt, wo es eifrig Melancholie aus Pappe in Schiffchen verwandelt, die mal eine große Reise auf dem kleinen Bach hundert Meter von der Wohnung entfernt, in der ich lebe, machen werden.

Vielleicht werde ich dabei stehen und keine Zigaretten rauchen. Vielleicht werde ich dem Schauspiel auch meinen Rücken zudrehen und daran denken, wie es ist, betrunken mit der Dunkelheit rumzuknutschen und anschließend zu merken, wie beschissen mein Leben ist. Wie beschissen der Teppichboden im Flur ausschaut und wie gelb der alte Lampenschirm von der Nachbarin ist, der vor dem Fenster in dem Raum steht, wo man vergessen kann, dass leben atmen heißt.

Da steht noch ein alter Tisch, der viele alte Wunden trägt. Er hat so eine Farbe, wo man an Bäume denken muss, die den Geruch von Verlorenheit und Himmel mit sich trägt. Der Geruch wäscht das Denken so rein, dass man Verzweiflung weinen hören kann.

Ich wandere oft durch Menschen hindurch und klopfe hier und da an, während meine Augen sich sträuben, weil sie Angst davor haben, dass das Licht sie wieder erpressen könnte und der Asphalt schwer im Magen liegt, während das Klacken von einem aufprallenden Feuerzeug dem Loch im Zaun ein Ständchen spielt und ich verzückt dem Lächeln eine Erlaubnis erteile und entdecke, dass versteckte Schattenspiele einen langen Vorhang bedecken, welcher Lärm hinter Fenstern dämpft. Ich küsse Straßenschilder und presse mein Gesicht an Schaufenster, die kalte Brüste und Pos aus Kunststoff fies anstar-

ren und dabei so ausdruckslos und langweilig aussehen, dass selbst mein Lächeln erstarrt. Und die Straßenlaternen, die jeder mal gerne hochklettern würde, um die Welt zu retten, weil dann in hundert Jahren noch die Menschen darüber reden würden.
Aber eigentlich möchte ich gar nicht, dass in hundert Jahren noch Menschen über mich sprechen. Ich möchte nur, dass sie schweigen. Vielleicht auch kurz lächeln und den Regen intensiver hören.
Ich mag eigentlich nur, dass Schnee langsamer fällt und dass neben meiner Wohnung ein Supermarkt aufmacht, der überwiegend viele Pilze und Kirschen verkauft. Und Fruchtsäfte, und Brausestangen, aber nur Zitrone. Ach und ich hätte gern einen Postboten, der mir jeden Morgen sagt, dass es nicht mehr lange dauert, bis er nur für mich diesen Supermarkt baut. Außerdem bräuchte der Supermarkt auch Einkaufstüten, die keine Henkel haben. Ich bleibe langweilig, weil Wünsche nicht aus Knete sind und das Herz sich nicht bitten lässt. So bleibe ich liegen und streite mich. Rauche nicht und besteige einen großen Berg. Aber nur in Gedanken.

***

Wie kann man leben, ohne zu atmen? Wieso kann man Sehnsucht nicht in eine Lüge treten und dabei zusehen, wie man sich selbst belügt. Angst beflügelt Zweifel und Phantasie, sie macht selbstständig, welches eine Erlaubnis braucht. Wir verhindern den Fortschritt, indem wir der falschen Zukunft entgegen blicken. Mut und Eingeständnis braucht nicht lange um zu verblassen. Wir verblassen allmählich in unserer eigenen Ironie des Lebens. Worte brauchen Selbstmord, um gehört zu werden, und Verzweiflung äußert sich in einem so starken Schmerz, dass er nicht mehr darunter zu erkennen ist. Alles Gute und Freudige, welches noch auf dem Weg liegt, hat keine endgültige Garantie. Die fehlende Sicherheit vereint Angst und Zweifel in einem unzerstörbaren Rahmen. Gedanken ergeben Wolken aus Spekulationen und Vorwürfen, welche eigentlich nur Hilfe rufen und durch zu viel Krach nicht gehört werden. Wir laufen Gefahr einen radikal falschen Weg zu gehen. Wir richten mit Absicht das Falsche an, um dem Unausweichlichen zu entkommen.

***

Sie mag die alten Nachthemden ihrer Oma.
Weiß sind sie. Eines von ihnen ist mit hellblauen
Blumen bestickt. Wie schön. Sie zieht es an und
raucht auf dem Dach. Ihre Gedanken denken an ihn.
Heute Morgen war ihr schlecht. Sie hat kein
Brötchen gegessen und versucht ihr Leben zu
hassen. Sie liebt es. Oder nicht? Sie steigt in ihr
Zimmer. Ihr Nachthemd ist rot verfärbt. Zwischen
ihren Beinen fließen kleine Rinnsale von Blut
hinunter .Sie hasst ihn. Und sich noch mehr. Sie
verbrennt sich die Füße auf der Straße. Ihr ist es
egal. Denn sie freut sich. Sie hat sich Sternchen auf
die Füße gemalt. Sie schaut nach links und nach
rechts. Ihre Gefühle sind nicht zum Greifen nah. Sie
wartet. Sie lehnt sich an die Litfasssäule und
betrachtet ihre Finger. Von ihrem Standpunkt aus
kann sie einen dicken, alten Mann beobachten, der
betrunken andere Menschen antorkelt. Sie glaubt, er
tut ihr Leid. Sie wartet. Sie mag von einem Hoch-
haus springen. Sie geht bei rot über die Straße.
Er kommt nicht. Vielleicht morgen. Er kotzt in die
Ecke. Die Tapeten sind von den Wänden gerissen.
Deine Finger sind dreckig.
Ficken.
Ich küss dich tot. Sie verschwindet hinter dem
Baum. Vor den Baum hat sie ihr Leben gespuckt.
Hinter dem Baum fleht sie es an. Sie hat ihre
Kleidung vergessen und stellt sich vor, sie könnte
über den Betonklotz davon fliegen. Ihr Herz hat sie
im Hotel vergessen. Sie muss abspülen. Das Ge-
schirr ist dreckig. Weil Sehnsucht stinkt.
Sie denkt ans Sterben.

***

Ich habe mein Zimmer kaputt geschlagen und Papier von meinen Wänden gerissen. Ich habe so fest gerissen, dass meine kurzen Fingernägel schmerzhaft abbrachen. Ich habe meinen Kopf in gelbe Mülltüten gepackt und habe zusammensinkende Liebe unter mein Bett gekehrt. Ich habe leblos gespielt und mich dann in der Toilette eingeschlossen. Meine Luft hat Pause gemacht und warmen Mut getrunken und ich war so still, weil die Geräusche meinen Willen betäubten. Ich habe so getan, als würde ich im Spiegel weiße Wand anstatt eine Lüge anspucken.

Das Mädchen ist Nichtschwimmerin. Warum genau weiß sie nicht. Sie weiß nur, dass ihre Mutter keine Lust hatte, mit auf ihre Einschulung zu gehen. Sie hatte übrigens auch keine Lust, sie auf die Welt zu bringen. Was das Mädchen weiß, ist, dass sie, nachdem sie sich beigebracht hatte Gedanken zu fassen, zwei Stunden brauchte, um in einer Regenpfütze zu entstehen. Sie hat die Welt mit einem Netz aus Furcht und Faszination gefangen. Sie hat dreimal gegen eine alte Stahltür geklopft, um dem dumpfen Geräusch zu lauschen und anschließend Geschichten aus den Klängen in ihrer Erinnerung zu weben.

Ich bin ein kaputtes Mädchen, schreit die schmutzige Scheibe der U-Bahn der kalten Anonymität zwischen die Zeilen vergilbter Zeitungen. Ich kratze mit dem Daumennagel, der länger als die andern Nägel ist, Haut von meiner Handfläche. Ich werde eine Zigarette schnorren und danach darfst du mich auf dem Teppich deiner Oma ficken. Du darfst mich fettig angrinsen und dann werde ich mit dir in dem Photoalbum erdachter Erinnerungen blättern und mir

überlegen, ob es möglich wäre, nach Verderben zu
wandern und mit Strohhalmen Glück aus gehirnver-
zweigten Herzen zu schlürfen. Ich beschleunige
mein Denken und stehle dir die Zeit zum lügen,
während mein Blut an grauen Betonwänden Sehnen
aus Rissen reißt.

Schmerzen machen meinen Kopf zu ihrem Kunst-
werk und erwürgen Leben in flatternden Blutzellen.
Ich spiele Ball mit Sekunden, die mein Herz so auf-
blähen lassen, dass meine Organe die Überreste des
Herzens abkratzen müssen. Dann bin ich wieder
Mensch und kaufe Obst und Gemüse. Streiche meine Wände und kann
durchschnittlich gut kochen. Ich schweige, wenn ich
denke, dass ich schweigen sollte. Ich spreche, wenn
man danach verlangt. Ich dusche jeden zweiten Tag
und lege mich eine Stunde bevor ich gewohnheits-
mäßig einschlafe ins Bett, um noch etwas lesen zu
können. Außerdem denke ich manchmal daran, wie
ich mich umbringen würde, wenn ich es mal tun
sollte.

Ich bin neugierig. Ich schaue aus dem Fenster und
streichle meine Freude in unregelmäßigen Abstän-
den. Ich werfe mein Verlangen gegen die Wand und
hinterlasse brennende Füße. Die Fensterbank ist kalt
und malt Gänsehaut auf meine Arme, die sich nicht
anfühlt, als wollte sie weiterhin nach Halt greifen.
Ich zähle jede Scherbe einer zerschellenden Flasche
auf der Straße unter meiner Fensterbank und stelle
meinen Wecker erst gar nicht. Schließlich werde ich
nicht schlafen, sondern horchen und meine Gedanken den Verstand auffressen lassen.

Ich klebe mir schwarzes Klebeband über den Mund und schreie meine Nacktheit aus jeder Wurzel tief verankerter Angst heraus. Ich bin wieder Mensch und male die Arche Noah in ein kleines Notizbuch. Ich kaufe diesmal Mehl und Kaugummis. Fresse Blicke anderer in mich hinein und warte auf meinen Blick, der ihnen entgegnet. Ich stehe an einer Ampel und die Riemen der Umwelttasche schneiden sich in meine Hände. Vor mir läuft ein Mann mit grauer Jacke. Sie ist offen und ich kann sehen, dass sie mit kariertem Stoff gefüttert ist. Meine Schuhe ziehe ich immer vor der Haustüre aus, weil ich das von klein auf so gewohnt bin.

Als das Mädchen vierzehn Tage, drei Stunden und dreiundzwanzig Sekunden entstanden war, beschloss es, die Pfütze wieder austrocknen zu lassen und stattdessen in einem Olivenbaum zu entstehen, den sie erst anpflanzen würde, wenn Schnee liegt.
Bis dahin konnte sie schwimmen und verließ ihre Vergangenheit mit eiligen Schritten.

Vor ihr lag eine Kugel mit grünen und blauen Flecken. Sie zerschnitt sie und fraß mit gierigen und fettigen Fingern Stück für Stück, Krümel für Krümel, bis sie zu platzen drohte und ihre Adern sich mit Gefühlen voll pumpten und darauf warteten, aufgestochen zu werden.

Ich bin wieder ein Mensch. Ich bin wieder ein ganzes Mädchen. Ich bin wieder gewollt. Ich bin wieder normal. Ich trage Röcke. Ich male Sonnen. Ich küsse einen Jungen. Ich liebe Blumen. Ich warte auf den Bus und stelle meinen Wecker. Ich stehe wieder an

der Ampel und denke nicht daran, dass ich wieder da
bin.
Ich bin eingeschlafen.

Ich wache auf. Des Mädchens Adern sind geplatzt.
Sie ist in 64 Stücke zerteilt. Eine Kugel mit grünen
und blauen Flecken frisst sie mit gierigen und fettigen Fingern auf.

***

Im Dunkeln gepackt
Verliebt gehasst
Schließt ein Kind
Sein halbes Herz
Und ein Loch
Schaufelt sich selber
Weil ein Mensch vergisst zu atmen
Regnen Vögel sanftes Wimmern
Als Unendlichkeit
Verschlossen in die Augen
Die erklimmen einen falschen Weg
Denn strenge Blicke
Engen Entscheidungen ein
Und verurteilen Körper
Zur Sklaverei

***

Das Mädchen liegt auf der kalten Plattform. Kleine Steinchen drücken sich ihr in den Rücken und der Verschluss ihres BHs drückt gemein gegen ihre Wirbelsäule. Aus dem Mund riecht sie nach Rotwein. Sie ist sicher viel zu jung für Rotwein. Die Plattform ist das graue Dach eines Hochhauses. Sie lacht leise und singt ein altes Lied von Vögeln, die Würmer suchen und von Bäumen, die alt werden. Sie denkt, weil sie nicht mehr wissen mag, wie es sich anfühlt Stimmen zu hören, geht sie unter ihrem schweren Atem nach Liebe tauchen. Vorhin war sie an einem Kiosk und hat sich den Rotwein in der grünen Flasche gekauft. Damit sie endlich schlafen kann, auf diesem Dach. Wenn sie ihren Kopf hebt, kann sie sehen, wie ihre Zehen die Wolken berühren. Der Schal, den sie trägt, riecht nach Dachboden und nach dem Gefühl früher ohne den Teddy, der sie nachts einst beschützte, nicht einschlafen zu können.
Sie mag ihn um Herz und Seele wickeln und ihren Hals berühren. Sie denkt, wenn sie doch nur nicht mehr nach Wein stinken würde, dann hätte sie alle die kleinen Blümchen auf der Wiese da unten einer Oma im Krankenhaus geschenkt und versucht heute schlafen zu können.

Der Wind auf dem Dach schwingt drohend seinen Zeigefinger und schenkt ihr 4°C.

***

Als ich meine Augen öffnete, fand ich mich vor einer Kälte absondernden Tür wieder, deren Metall frech blitzend ein schauderhaftes Bild in mein Gehirn brannte. Starke Hände, deren Fingernägel ungleich geschnitten waren, bohrten sich in meine wundgescheuerten Handgelenke. Der Druck, der auf ihnen lastete, verband sich mit dem Gefühl, meine Knöchel müssten schon ewige Kuhlen in den festen Boden gedrückt haben. Panisch vernahm ich das ungesättigte und unangenehme Jucken in der warmen Höhle meiner Achseln. Vorsichtig rutschte ich mit dem Kopf in Richtung Nacken, um einen Blick auf das hinter mir zu erhaschen. Ein vor Schwäche eingefallenes und schwitzendes Gesicht, dessen Augen tränentrüb schwer atmeten, fixierten einen Punkt auf meiner Stirn. Mein Mund wollte zu einem Schrei ansetzen, verstummte jedoch, bevor ein Ton hätte ausbrechen können. Stattdessen formte ich ihn zu einem unvernünftigen, dünnen Strich. „Lass mich los!"

Leise, aber hoffend erbrach sich die sehnende Frage aus der feuchten Öffnung, die gezwängt in dem Rahmen aus trockenen Lippen saß: „Versprichst Du mir dann wieder normal zu sein?"

Anstatt meiner Antwort gab ich seinem immer leichter werdenden Griff einen Ruck, der mich mit einem Mal aus seinen Klauen befreite, wie das Umspringen von rot auf grün. Als ich meinen Körper wieder vollständig aufgerichtet hatte und das Blut wieder warm und kampfbereit in meinen Adern fließen hörte, wich ich seinem verängstigten Blick aus und fragte in die Stille hinein: „Normal?" Was heißt das…normal?" Wäre ein Dritter im Raum gewesen, hätte er nicht sagen können, wem diese Frage gegolten hatte.

Vielleicht ihr selber oder doch der in Birnenform ge-
kleideten Lampe, die gleichgültig von der Decke
hing. Oder vielleicht eher dem Stück Mensch, der
aussah, als hätten ihn unsichtbare Wurzeln in den
festen Boden eingekeilt. „Normal ist nur der Zustand
in den die Menschen flüchten, um sich vor den Armen ihres eigenen Wahnsinns zu verstecken. So als
müssten sie, wie eine Romanfigur, zum nächsten
Kapitel passen, selbstsicher und im Klapptext schon
vollständig charakterisiert, die Enden an der richti-
gen Stelle setzen, um hinterher nicht klein und aus-
gestoßen in einer Ecke zu verkümmern.“ Wie so oft
konnte ich mich nicht mehr daran erinnern, warum
mein Körper zu Boden gezwängt werden musste. Ich
wusste nur, dass es Momente in meinem Leben gab,
die ich zu begreifen nicht in der Lage war. Ein hefti-
ges um sich Schlagen symbolisierte die Überforde-
rung. Momente in denen sich das Leben wie eine
Tonne aus buntem Müll über mich ergoss. Hier und
da ein ausgerissenes Puppenbein oder ein halbver-
branntes Foto in seiner stinkenden Wärme barg.
Nach ein, zwei Blicken, die durch den Raum blitz-
ten, grub ich meine Hand in die große, weiche Tasche, die sich wie der dicke und betörende Bauch einer starken Frau anfühlte und schenkte der vorhin
noch so bedrohlichen Tür einen mitleidigen Blick.
Normalerweise hätte er jetzt gesagt: „Bitte geht
nicht!“, aber dieser Satz, der sich jedes Mal von neu-
em wie ein Stempel auf einem Stempelkissen gierig
mit Farbe aufsog, schien seiner Bitte müde geworden zu sein. Mein Herz ließ sich keine Zeit dieser
fehlenden Gewohnheit mit Trauer zu begegnen, sondern empfing schneller werdenden Schrittes die
schüchtern gewordene Luft hinter der großen Tür.

Nur langsam umfloss sie meine nervösen Bewegungen und verstummte dann schließlich in einer befriedigenden Harmonie aus Stille und Einsamkeit. An diesem noch jungen Morgen schien der Himmel allein gelassen und verbraucht, wie das Bett einer Unbekannten, die dort Fremde bediente. Teilnahmslos und vor Scham verblasst, verbarg er sich hinter aufgeblähten Wolken. Meine Handgelenke waren immer noch gerötet und mit meinem Daumen fuhr ich über die brennenden Stellen. Einzelne Bäume, die wie stumme Träger geheimer Erinnerungen trostlos die Straßen zierten, gaben vor, mit ihren prächtigen Kronen im Takt des Windes zu musizieren, doch ich konnte dieses Spiel nicht mehr mit großen Augen bewundern. Nur müde von dem tonlosen Kampf erwiderte ich nichts sagende Blicke aus Fenstern, die scheu nach einem Wunder Ausschau hielten. Auch dieser Tag würde heute zu einem flüsternden Ende finden und auf einmal wäre ich gerne umgekehrt um ihm zu sagen, dass ich genauso viel Angst habe wie er. Umso länger ich lief, desto größer wurden die Häuser und umso kleiner wurde ich. Irgendwann fiel es mir schwer zu glauben, vielleicht doch noch größer werden zu können. An einer roten Ampel wurde mir klar, dass ich mich diesmal selbst hätte bitten müssen zu bleiben. Ich hätte uns beiden in die Augen sehen müssen und verstanden, dass es galt die Angst gemeinsam zu besiegen. Hier spielte das Leben mit den Menschen, die noch nicht begriffen hatten, dass irgendwann ihre Haustüre zu bleiben würde. Ich bemitleidete und beneidete sie zugleich für ihr Unwissen. Sie sahen geradezu niedlich aus, wie sie mit schwer bepackten Taschen und roten Bäckchen über die Straßen glitten. Hier und da ein

paar unauffällige Grimassen schnitten, ganz zufällig
alte Bekannte trafen. Und dann fiel mir ein, dass ich
ihn einmal geliebt hatte. Im Grunde wartete ich die
ganze Zeit nur auf diese Erinnerung. Die Erinnerung
daran, ihn geliebt zu haben. Ich wusste nicht, was
passiert war, aber eines Tages verloren sich unsere
Worte in tauben Blicken, die selbst unsere Wände
zum Sterben brachten.
Ich wollte ihn retten und wahrscheinlich er mich,
doch was wir nicht fanden, waren unsere Münder.
Unsere Körper versteckten sich in denen mir doch so
bekannten Ecken. Meistens schlief ich ohne ihn ein
und meistens wurde ich auch allein von dem harten
Weiß im Bad verschluckt. Irgendwann wurde seine
Seele zu lahm und ich hatte bemerkt, dass wir
darüber hätten reden müssen. Darüber, dass Glück
über Nacht manchmal stirbt.

***

Stumm sitzt sie da. Lässt sich zerreißen und entflieht den verschwommenen Bäumen, die aus dem Fenster heraus aussehen, als hätte man ihnen verboten auffällig zu sein. Der Schmerz entfernt sich mit jeder Sekunde und was bleibt ist ein Buch, eine Melodie und Augen, die suchen und nichts finden. Das Geräusch des Busmotors redet mit ihr. Erzählt ihr von unzähligen Menschen, die schon auf diesem Platz gesessen haben. Wie sie aussahen und was sie dachten. Sie will davon nichts wissen und wünscht, sie wäre nur eine gelbe Fliese in dem Bad eines alten Hauses. Die Vorwürfe jucken wie längst vergessene Wunden, die einen dicken Grind entstehen haben lassen. Sie kratzt und kratzt. Es blutet und die Seiten des Buches verfärben sich rot. Buchstaben ertrinken quälend in dem Fluss. Sie verschwimmen und bauen sich gefälschte Reime, die so nicht niedergeschrieben wurden. Der Hass wächst und drückt alles nieder, was in der Lage wäre ihn zu zerstören. Namenloser Hass zerfrisst den Wind an den Scheiben und das Lenkrad des Busses erinnert sie an die Worte all dieser Menschen um sie herum. Als sei sie ein Bus. Ein großer Bus mit beliebiger Last. Motorschäden und einem hässlichen Chef, der das Lenkrad fest in seinen Händen hält.

***

Wenn ein Chaos aus Liebe spricht, verlass dich nicht auf ein Wort, sei ein unterschriebener Vertrag, frage aber nicht nach dem Betrag, den du zahlen musst, wenn du Regeln brichst, versuche nicht schneller zu sein, als dein Mund spricht, suche nicht nach dem einen Licht, denn geübte Geduld schult den Verlust an Verstand und rettet dich aus dem Zustand gefühlsloser Erbrechen, aus Tagen, die existierten um sie zu vergessen, aus Nächten, die geboren waren um zu verstehen, dass Dunkelheit im Krieg mit der Sonne steht und der Wind, der weht aus dem einen Grund, dass er dich wiederbelebt. Der Kampf auf der Straße, die Blicke aus dunklen Gassen lassen uns verstehen, wieso Menschen hassen und mit einem Sprung im Herzen ihr zu Hause verlassen, weil Einsamkeit ein Machtwort spricht, sehen wir wie Hoffnung in tausend Teile zerbricht und möchten dran glauben, dass ein Wunder Heilung verspricht, so geht jeder jeden Tag seinen Weg, verfolgt von dem Wahn zu verstehen, wieso diese Erde sich dreht, so treibt der Wahnsinn sein Spiel mit dem Gedanken sinnlos zu sein, vergessen zu haben, dass das Fragen nach dem Warum und der Welt den Geist erhellt, unschuldig und rein zu sein, das ist die Lüge, die das Böse dem Schuldigen in die Schuhe schiebt, der am Ende dem Guten sein Recht vergibt, als gäbe es eine Lösung für all das Leid in diesem System, aufgebaut und erfunden aus Hirnen, die versuchen zu erahnen, dass unser nächster Schritt der falsche ist, versuchen Schatten uns in die Falle zu locken, um unsere Lebenslust mit Steinen zu blocken, Liebe aus Köpfen zu löschen, damit Herzen Mitleid verhindern, um so unsere Menschlichkeit zu behindern. Darauf getrimmt ein Teil vom Ganzen zu sein,

werden Augen blind gemacht, ein Ganzes von allem zu sein. Träumen Menschen von einem anderen, der ihnen erlaubt, für einen kurzen Augenblick die Augen zu schließen, um all die unterdrückte Wut in den Abgrund zu schießen, so bleibt uns keine andere Wahl, als die Köpfe hängen zu lassen und jeden Tag neue Lügen zu verfassen, damit uns noch ein Stück Würde bleibt, gehe ich auf die Straße, schreie ich für euch und klage an die verseuchte Menschenplage, die glaubt, ihren Sinn im Leben in der Zerstörung gefunden zu haben. Viele haben geglaubt ihr Plan ginge auf, doch Dummheit stand nicht zum Verkauf, so ist es eine Krankheit zu sehen, wie jeden Tag Protestanklagen über die Tische gehen, man sucht nach Vergebung in dieser Zeit, in der niemand mehr teilt, lebt jeder für sich allein, aus Angst, morgen könnte schon alles vorbei sein und Träume erlaubt sich niemand mehr, Kinder spielen auf Beton und lernen den Hass zu leben, werden eins mit dem zornigen Beben, während sich gierige Machthaber erheben und geplagt von Peinigern liegen auf Knien die wahren Helden, die die Welt spüren und es schaffen Vernunft zu entführen, weil der Duft von Wahnsinn sie verführt und nur die Wolke aus Kontrolle ihre Unschuld befleckt, während ein roter Punkt ganz in schwarz die Wahrheit entdeckt und wir merken, man hat sie nicht gut genug versteckt, so mancher würde sagen:
„Tja, jetzt habt ihr Blut geleckt!"
Der Plan geht unter und die Fassade bröckelt, wir haben für euch diese Suppe gelöffelt, doch das Ziel bleibt weit entfernt, solang ein Kopf dran denkt, diese Menschen heutzutage werden gelenkt und sind schon unterschriebene Verträge und sie bezahlen

leider immer weniger hohe Beträge, denn wir werden müde von all dem Gerede und haben es satt zu warten und unser Schicksal in Zahlen beim Lotto zu erraten, keiner von all diesen kann erwarten, dass uns da noch ein Stück Würde bleibt, also gehe ich auf die Straße, schreie ich für euch und klage an diese verseuchte Menschenplage, die glaubt ihren Sinn im Leben in der Zerstörung gefunden zu haben.

Uns macht es traurig zu sehen, dass immer weniger Wunder geschehen und selbst der Anschein an Farbe nachlässt und selbst die Lüge bald am Ende ist, doch wer wird da sein, wenn einer auf der Erde beginnt zu verstehen? Wer wird da sein um ihm beizustehen? Und dann wird es heißen, dieser Alptraum war bloß ein schreckliches Versehen und hätte man es gewusst, gäbe es nun nicht diesen furchtbaren Verlust, denn eigentlich sind es lachende Gesichter, welche hart werden wie Richter, wenn grenzenlose Liebe in ein Chaos ausbricht und ein für alle Mal die Hoffnung erlischt, so ist uns kein Stück Würde geblieben…

Also gehe ich auf die Straße, schreie ich für euch und klage an diese verseuchte Menschenplage, die glaubt ihren Sinn im Leben in der Zerstörung gefunden zu haben.

***

An den Himmel

Ich könnte tausend Kugeln
in dich schießen
und du würdest sie vergessen
noch bevor sie dich treffen.
Du bist meine kugelsichere Weste.
Du folgst mir überall hin
und vergisst tausende Souvenirs
in Schornsteinen,
Gräsern und Dachrinnen.
Du hast keine Angst vor mir
und versteckst dich nicht.
Schaust mir mitten ins Gesicht
und lachst mir deine Schönheit entgegen.
Gegen dich will ich nichts unternehmen,
für dich möchte ich aufwachen,
weil deine Arme
bis in meine Seele reichen.
Jeden Tag kann ich dich
als Geheimnis verschenken
und du lässt dich entdecken.

Ich grabe in deinem Kopf tiefer,
als der Regen auf den Bürgersteigen.
Ich finde Geschichten,
die dir die Sonne plagte
und lache über den Geruch des Windes
in deinem Haar.
Du siehst aus wie schreiend.

Verklärt, wie Zucker in den Augen.
Du bist wirklich, wie man sein will.
Die Welt gehört dir,

denn nur du kannst sie ganz umarmen
und irgendwo zwischen Elle
und Handgelenk hänge ich.

An den Himmel.

***

Die Treppe zu deiner Wohnung war dreckig und im gesamten Haus roch es unangenehm nach Fisch. Langsam ging ich Stufe für Stufe die Treppen hoch und versuchte meine Nervosität in dem Nachhallen von Absätzen untergehen zu lassen. Ich hoffte, dass dir mein Geruch gefallen würde und mein Haar. Nichts besonderes, aber ein Geschenk von mir an dich. An der alten Holztür hinter der du singst, weinst und kochst blättert alter Lack ab, in den ich meine Fingernägel vergrabe und sich Splitter schmerzhaft unter meine Fingernägel bohren. Heute war es soweit. Heute wollte ich nackt sein. Mit dir. Dein Atem sollte meine Haut bedecken und deine Hände mein Zittern zum Explodieren bringen. Heute sollte mich deine Liebe narkotisieren. Ich strich mir leise mit schweißnassen Fingerspitzen über meine aufgesprungenen, aber dennoch weichen Lippen und träumte mich für einen kurzen Augenblick in eine Welt ohne Menschen. In eine Welt voll von Wolken und leiser Musik. Die Nervosität trieb weiter ihr Spiel mit meinen von Erwartung gefolterten Nerven. Und dann ganz zaghaft, dann entschiedener klopfte meine Hand an deine Tür. Als ich im Innern der Wohnung nichts hörte, ging ich mit meinem Ohr näher an die Tür, aber da war nichts. Keine Schritte, kein Lachen... einfach nichts. Ein altes, verbrauchtes, viel zu bekanntes Nichts.

Und dann sah ich dich. Dein Gesicht und die Geschichte, die es mir versuchte zu erzählen. Deinen Mund. Deine Hände, die unruhig in deinen Hosentaschen tanzten.
Du warst meine Ohnmacht. Meine erste Ohnmacht.

Sie

Wenn ich nachts durch die Straßen dieser großen Stadt laufe, denke ich an Männer und an den Drang manchmal von einer Brücke springen zu wollen, mitten in einen reißenden Strom, in welchem dir der Wind ins Gesicht peitscht und sein Pfeifen deine Ohren betäubt. Die Straßen sind graue Linien und ein paar Jugendliche, die nicht wissen, was das Leben wirklich bedeutet, treten gegen volle Mülltonnen, die augenblicklich unter dem Gewicht des Mülls nachgeben und über die Bürgersteige rollen. Es interessiert mich nicht wirklich und eigentlich bekomme ich es nur am Rande mit. Eine letzte, etwas zerknitterte Zigarette findet sich in der Tasche meines leichten Strickpullis. Ich zünde sie mit einem halbleeren Feuerzeug an und inhaliere kräftig und ein wenig gierig an der Zigarette. Als der Rauch meine Lunge erreicht, stocke ich kurz und lasse ihn nach ein paar Sekunden in die Luft schweifen, die ihn nach und nach in dünne Fäden reißt. Mein Weg führt in die kleineren Straßen am Rande der Stadt, wo kleine Läden bezaubernde Dinge in ihren Schaufenstern ausstellen und warmes Licht kleine Häuser in einen Nebel hüllt, als seien sie Eindrücke verblasster Erinnerungen eines Traumes. Von hier ist es nicht weit bis zu meiner Wohnung. Voll mit Farbe und alter Literatur, ungespülten Gläsern, hier und da sogar ein paar Spinnweben in den Winkeln der Zimmer. Aber es sind die Wände, in denen ich versuche ein Mensch wie jeder andere zu sein. Zu lieben und zu glauben, dass der Sinn meines Lebens irgendwo in der nahen Zukunft liegt. Meine Füße schmerzen vom vielen Laufen und es ist als würde sich der Schmerz bis in meine Waden und dann herauf in meine Oberschenkel ziehen, um meine Schritte zu betäuben. Die Nacht hängt wie ein großes, unendlich weites Bett über mir und umarmt mich sachte in ihrer zarten Bedrohlichkeit. Ich schenke ihr ein schwaches und müdes Lächeln, so als sei sie mein Freund. Ein Freund, der immer wiederkehrt und dennoch kaum fühlbar ist. Irgendwo spielen Klänge ein langsames Lied, es wird wohl getanzt und sich geliebt. Ich sehne mich nach Liebe. Nach Hände, die mich neu erfinden.

Es ist spät und ich sollte nach Hause gehen. Ich kehre um und laufe in die Richtung meiner kleinen Wohnung. Sie ist nicht teuer und doch ganz gemütlich. Sie ist mein zu Hause. Ich habe mich nie irgendwo wirklich zu Hause gefühlt. Eher angenommen und akzeptiert als gewollt. Manchmal bedrohte mich die Vorstellung Uhren rückwärts laufen zu sehen. Ein Kreislauf, der mir vorführte, wie nach und nach Gedanke um Gedanke aus meinem Kopf verschwindet. Meine Haut sich immer weicher anfühlt und meine Brust anfängt sich aufzulösen. Haare fielen mir aus und meine Nägel wurden ganz rosig. Dann fiel ich hin, denn die Fähigkeit zu laufen verwandelte sich in ein unüberwindbares Ereignis. Ich war wieder in einem warmen orange schimmernden Bauch. Meine Augen erblickten viele feine rote Äderchen, die meinen ganzen kleinen Körper vernetzten und mich zu einem Wunder machten. 21 Jahre später schien mein Wunder unsichtbar geworden zu sein. Auch für mich. Im Gegensatz zu der rosigen Herrlichkeit, von der ich in meiner Vorstellung träumte, sah ich verbraucht aus. Mein Weg kräuselt sich einem Ende entgegen und ich sehne mich nach

der Zärtlichkeit meines Bettes und dem Schutz, den
ich dort finde. Auf dem Weg nach Hause begegnen
mir Bäume, deren Stämme dick verknotet in der
Erde verankert sind. An der Ecke der Straße steht
ein großes, gelbes Haus. Im Kellergeschoss des Hauses ist eine kleine Wirtschaft eingerichtet, die von
einsamen Bierbäuchlern besucht wird. In den Keller
führt eine brüchige Treppe, über die nachts so
manch betrunkener Gast stolpert. Dies ist ein Szena-
rio, welches ich oft in der Dunkelheit aus meinem
Fenster beobachten kann. Selbst das verwirrte und
nicht ganz ernste Fluchen der Stolpernden kann ich
trotz des geschlossenen Fensters hören. Nun bin ich
noch zwei Schritte entfernt von der Tür, die mich in
den Bauch des Hauses bringt. Das Licht an der
Haustür ist schon lange kaputt und durch die harte
Dunkelheit finde ich nicht gleich das Schlüsselloch.
Als die Tür sich schwer öffnet, flutet mir ein warmer
mit Weichspüler getränkter Geruch entgegen. Meine
Müdigkeit schleppt sich träge hinter mir die Treppen
hoch und endlich bin ich angekommen. Angekommen zwischen den Wänden, die voller Leben stecken. So lebendig, dass man sich einbilden könnte,
Blut in ihnen pumpen zu hören. Mein Blut, meine
Gedanken, meine Sehnsucht.
Ich falle auf das mit Zeitungen bedeckte Bett und erinnere mich plötzlich an den starken Rausch von Al-
kohol in meinem Kopf. Ich beobachte kurz die Ge-
burt meines Schlafes und falle in die Arme der Unendlichkeit.

Er

Morgenrot riecht nach ihrem Haar. Selbst wenn die Sonne ihren roten Schleier vergisst, muss ich an sie denken. Sie weiß nicht, dass es mich gibt und manchmal denke ich, dass sie nicht mal weiß, dass sie auf dieser greifbaren Welt existiert. Es ist, als würde sich all ihr Denken und Empfinden in einem für andere nicht greifbaren Raum befinden. Universen, die sich bis in eine schwarze Unendlichkeit erstrecken. Man könnte Angst vor ihrer Schönheit haben. Mein Herz hängt, seit ich sie das erste Mal sah, an ihren Lippen und an ihren unwissenden Bewegungen. Es ist, als würde sie sich tanzend erkunden und fein wie ein Schmetterling jedes Fleckchen Erde mit ihrem Flügelschlag trösten. Ich dagegen bin ein unscheinbarer Verehrer. Meine Schauplätze sind Waschsalons und ein einsamer Balkon, der mich dazu bewegt, Kettenraucher zu sein. Meine Sicht von dort aus erstreckt sich nicht mal auf ein paar Bäume. Große, einsame Häuser sind es, die mich leer anstarren und meinen Blick mit Traurigkeit zukleistern. Manchmal starre ich auch einfach nur auf meine Finger und schreibe in Gedanken einen Einkaufzettel für meinen leeren Kühlschrank. Heute sitze ich in einem alten Sessel, den ich vor Jahren beim Sperrmüll aufgeklaubt habe. Er hat nach Keller gestunken und viel Geschichte mitgebracht. Heute ist er ein gemütlicher Freund, der meine einsamen und betrunkenen Abende, die sich nach und nach in ein Selbstmitleidsszenario verwandeln, schmunzelnd beobachtet. Zumindest gefällt mir diese Vorstellung und macht mein Drama erträglicher. Vor mir habe ich Akten, mit denen ich nichts anfangen kann. Sie besagen mir, wann ich welchen Betrag auf welches Konto überwiesen habe, doch beim Betrachten der Summen vergesse ich, wieso ich dies überhaupt tue. Und dann höre ich die schwere Tür zuschnappen und weiß, dass sie es ist. Das kann nur sie sein. Beim schnellen Aufstehen fällt mir der schwere Aktenordner vom Schoß und im Nu verliert sich eine Schar von Kontoauszügen auf meinem Boden. Doch mein Interesse gilt dem gegenüberliegenden Fenster. Ich sehe zuerst ihr dunkles Haar. Ein Haarband verschlingt es unordentlich und ein dicker Wollpulli verdeckt ihre zierlichen Arme. Sie trägt einen abgenutzten Lederrucksack und raucht eine Zigarette. Sie geht in die eine Richtung, in die sie gehen kann. Ganz lang geradeaus mit beschleunigten Schritten. Wohin sie wohl gehen mag… dies frage ich mich jedes Mal, wenn ich sie gehen sehe und der Gedanke lässt mich Stunden nicht los. Manchmal habe ich sogar das Gefühl, mir Sorgen machen zu müssen, das Gefühl sie beschützen zu müssen. Das Telefon klingelt. Ich hebe ab und höre leisen Atem, dabei vergesse ich mich zu melden, doch die Person am anderen Ende der Leitung zieht es vor zu schweigen und so lausche ich, bis ich das bekannte Klicken in der Leitung höre. Wenig verwundert warte ich noch einen Moment und lege dann auf. Mein Blick wandert von dem Hörer auf einen um- gestoßenen Plattenstapel. Musik wäre jetzt vielleicht genau das Richtige, denke ich und schnappe mir die erstbeste Platte. Ich nehme sie aus der Hülle und wenig später ertönen feine, aber aggressive Töne aus der Box. Man könnte meinen, sie erzählen mir etwas von meiner Seele. Als erraten sie, wie ich mich füh- le. Das ist es, was mich an Musik so fasziniert. Es gibt Lieder, die erzählen einem Menschen ihr ganzes, verdammtes Leben. Bei den dumpfen Klängen der Lieder verfängt sich mein Kopf in einem Strudel aus Müdigkeit und ehe ich noch einen Blick auf meine kahle Wand erhaschen kann, bin ich auch schon eingeschlafen. Als ich aufwache, dämmert es draußen und schwere Tropfen pflastern die Straße. Mein Kinn ist leicht feucht, was mir klar macht, dass ich mit offenem Mund geschlafen haben muss. Während ich mit der Hand übers Kinn fahre, merke ich, dass eine Rasur wohl auch nicht verkehrt wäre. Mit nackten Füßen steige ich auf den feuchten Balkon und zünde mir eine Zigarette an. Ich liebe den Himmel, wenn er so wütend dicke Tropfen abfeuert. Dann fühle ich mich ihm verbunden und würde am liebsten gemeinsame Sache mit ihm machen. Das sind natürlich alles unsinnige Gedanken, die ich schleunigst verscheuche und dann meine halb gerauchte Zigarette über den Balkon schmeiße. Im Laufen ziehe ich mein T-Shirt und die übrigen Klamotten aus, um mich unter die Dusche zu stellen. Ich finde nicht gleich die gewünschte Temperatur und genieße deshalb ein durcheinander an heiß und kalt auf meiner Haut. Ich weiß nicht, wie lange ich unter dem harten Strahl des Wassers stehe, aber als ich ihn abstelle, fühle ich mich so wund, dass ich Angst habe, mit dem rauen Handtuch über meine Haut zu fahren. So setze ich mich auf den Wannenrand und beobachte die kleine Schar an Tropfen, die sich hartnäckig an meine Körperbehaarung klammert. Ich stehe auf und schaue mich im Spiegel an. Was ich sehe, ist ein eher hagerer Typ mit wenig Muskeln, aber dennoch stark… irgendwie. Als ich mich so anschaue, muss ich an ihre Nacktheit denken. Ohne etwas dagegen tun zu können, nistet sich ein fast schmerzliches Verlangen in jedem einzelnen Muskel meines Körpers ein. Fast fühle ich mich wie ein Hund, der erbärmlich nach einem Tropfen Wasser hechelt. Die Vorstellung meißelt mir Selbst-Ekel ins Gesicht und abrupt wende ich mich von meinem Spiegelbild ab. Ich wickle mir ein Handtuch um die Hüften und öffne das Fenster, damit der frische Wind die Hitze von den Kacheln vertreibt und die Schwüle des Zimmers sich verflüchtigt. Ich liebe es, Stunden nur mit Handtuch oder Bademantel durch meine Wohnung zu schleichen und der Einsamkeit Gesellschaft zu leisten. In der Küche schmiere ich mir ein paar Butterbrote und mache mir einen starken schwarzen Tee. Diese kleinen Dinge machen den langweiligen Alltag zu einer persönlichen Attraktion, auf die man nicht verzichten mag. Meine geheimen Schätze sind aber kein Trost auf ewig und das mache ich mir immer wieder klar, wenn ich der Versuchung zu verfallen drohe, mein Leben sei doch irgendwie schön.

Sie

Angsterfüllt öffne ich meine Augen. Über meiner Lippe haben sich feine Schweißtropfen wie Perlen an einer Kette gebildet und ich fühle mich eklig verbraucht und dreckig. Tage sind vergangen, ich öffne die Augen und wälze mich auf die andere Seite und denke über den fast schon vergessenen Traum nach. Als sei jemand bei mir, schüttle ich heftig den Kopf, um die Gedankenfetzen zu vertreiben. Mein Haar klebt unangenehm in meinem Gesicht. Langsam schäle ich mich aus meinem Bett und reiße das Fenster auf. Kalte Luft strömt in Mengen hinein und lässt mich klarer denken. Plötzlich überkommt mich die Lust auf eine Zigarette. Und im gleichen Moment überkommt mich eine Welle von so tiefer Traurigkeit, dass sich mir nach und nach ein Tränenschleier bildet, der gemein in meinen Augen brennt. Manchmal, da hasse ich die Luft, das Leben… mich. Ich frage mich, wo mein zu Hause ist und wo der Mensch ist, der mich liebt. Ich wende meinen Blick der Wand entgegen. Sie schmückt einen sehr großen Teil dieses Zimmers. Photographien von mir und üppig aussehende Postkarten zieren ihre Blässe. Auch ein paar Zeitungsausschnitte und getrocknete Blumen kleben an ihr. An dieser Wand steht ein alter Schreibtisch, den ich weiß gestrichen habe. Auf ihm liegen unzählige Dinge, die ich nicht brauche. Ich gehe zu dem großen Schrank schräg gegenüber der Wand und ziehe die Schublade auf, in der Unterwäsche und Socken verstaut sind. Ich hole ein paar wollene Socken heraus und stülpe sie mir über die kalten Füße, deren Zehen sich anfühlen, als würden sie vor Kälte splittern. Mit dem Rücken lehne ich mich an die Heizung und massiere meine Zehen, die langsam wieder wach werden. Die angenehme Wärme legt sich auf meinen Rücken und umschließt schließlich meinen gesamten Körper. Meinen Kopf stütze ich auf meine Knie und schließe die Augen. Erinnerungen existieren für mich nicht. Es gibt nichts, was gestern war. Nur das, was gleich passieren wird. Ich weiß nicht, wann ich beschlossen habe, mich wie eine Festplatte jeden Tag neu zu formatieren, aber die Entscheidung hilft mir, die Intensität meiner Traurigkeit in Grenzen zu halten. Erinnerungen sind nach Belieben zu verändern. Eigentlich sind es Lügen, die wir brauchen, um unseren Wert fühlen zu können. Wir brauchen Stoff, um anderen von uns zu erzählen, doch eigentlich sind wir es, die am aufmerksamsten zuhören. Meine Küche erkennt man nur an dem kleinen Herd, ansonsten müsste man nicht meinen, dass es eine Küche ist. In ihr stehen Stühle und ein großer Tisch, auf dem Blumen stehen, die schon die Köpfe hängen lassen. Zeitungen und Teller mit Brötchenkrümeln türmen sich auf der Anrichte und auf der Fensterbank stehen Pflanzen, die das halbe Fenster verdecken. An den Schranktüren kleben Postkarten und diverse Rezepte. Die Schranktür zu den Tassen quietscht. Ich nehme mir eine große Tasse mit einem Weihnachtsbaum darauf heraus und schütte mir lauwarmen Kaffee von gestern ein. Beim Trinken zieht sich mein Gaumen zusammen und schließlich mein Magen. Kein Wunder, bei dieser Brühe. Ich schütte den Rest des Kaffees in die Spüle und mache mich daran, ein bisschen Ordnung zu schaffen. Mit angewidertem Blick räume ich Geschirr beiseite und spüle es mit heißem Wasser ab. Meine Finger werden ganz rot und schrumpelig von dem heißen Wasser und nachdem ich den Tisch mit einem feuchten Tuch abgewischt habe, bin ich halbwegs zufrieden mit mir. Aufräumen fand ich schon immer lästig. Gerade als ich anfange die Blumen auf der Fensterbank zu gießen und verwelkte Blätter abkneife, klingelt es an der Tür. Misstrauisch schaue ich in Richtung Flur und frage mich, wer das wohl sein könnte. Es gibt niemanden, den ich erwarte. Niemand, der etwas von mir haben wollte. Ich stelle die Gießkanne bei Seite und gehe zur Tür. Einen Spion gibt es leider nicht und so öffne ich die Tür langsam, aber nur einen Spalt breit. Vor mir steht ein junger Mann, der ein ungewöhnliches, aber hübsches Gesicht hat. Er schaut ein wenig unsicher und reibt sich seine Hände. Ich schaue ihn an und warte darauf, dass er etwas sagt und ehe ich mich versehe, dreht er sich um und stürzt die Treppe hinunter. Ich will ihm gerne hinterher laufen, aber lasse es dann doch lieber. Eine seltsame Begegnung, denke ich, und dieses Erlebnis lässt mein Herz ein bisschen höher schlagen. Als ich die Tür schließen möchte, sehe ich auf dem Boden vor mir eine Hülle. Eine CD-Hülle auf dessen Cover eine weiße Blume abgebildet ist. Ich gehe in die Hocke und betrachte sie einen Augenblick, bevor ich sie mir greife und endgültig in der Wohnung verschwinde.

Er

Mein Herz schlägt so schnell, dass es mir vorkommt, als würde es mir die Brust zerreißen. Ich renne und renne. Ich weiß nicht wohin, aber ich weiß, dass ich weit weg will. So schnell ich kann. Als meine Beine vor Anstrengung aufgeregt anfangen zu zucken und meinem Gewicht beinahe nachgeben, bleibe ich stehen und setze mich auf eine brüchige Mauer, die wohl mal ein kleines Haus eingezäunt haben muss. Mein Atem geht schnell und mein Herz springt aufgeregt auf und ab. Vor meinem Auge verschwimmt die Umgebung und ich nehme die umher fliegenden Stimmen nur verzerrt wahr. Ich war bei ihr. Gerade eben habe ich bei ihr geklingelt. Eigentlich wollte ich ihr nur die CD vor die Tür legen, aber ich musste sie sehen. Nur einen kleinen Augenblick. Am liebsten hätte ich vorsichtig mit meiner Hand über ihr Gesicht gestreichelt, aber dann hätte sie gedacht, ich sei ein Perverser oder ein verrückter Idiot. Vielleicht bin ich das ja auch. Warum bin ich nur so ein verdammter Feigling. Eingeschüchtert von der Welt und ihrer Einsamkeit. Mit meinen Handflächen fahre ich über die raue Haut der Mauer und denke an den Schimmer ihrer Augen. Sie haben eine Wirkung, die ich noch nie bei einem anderen Menschen gespürt habe. Es ist, als würden sie mich verschlucken und in einer bunten Explosion umher wirbeln. Mein Atem beruhigt sich und die Schmerzen in der Lunge ebben ab. Ich stehe auf und laufe mit langsamen und nachdenklichen Schritten die Straße entlang. Ich bin in einer viel bewohnten Gegend, die aussieht, als würden die Menschen hier jeden Tag nichts anderes tun, als ihre Gärten zu pflegen und Fenster zu putzen. Die Fenster sind von weißen, gerafften Vorhängen verdeckt und vor fast jedem Haus parkt ein Auto. Ich wende meinen Blick ab und schaue auf die Straße, die leer scheint. Ab und zu laufen auf der anderen Straßenseite Menschen vorbei, die Aktentaschen oder vollgepackte Lidltaschen tragen. Sie schauen starr geradeaus und interessieren sich nicht für ihre Umgebung, die hier auch nicht sonderlich attraktiv ist. Langsam fange ich an zu frieren. Meine Hände vergrabe ich in meinen Hosentaschen und meine Nase stecke ich in

den Kragen meines Pullovers. Was sie wohl von der
CD halten wird. Die Blume auf dem Cover hat mich
an sie erinnert. An ihre Herrlichkeit, die in jeder
noch so großen Masse wieder zu erkennen ist. Die
Musik auf der CD ist leise und schamlos bedrück-
end. Wenn ich sie höre, drücken sich meine Magen-
wände zusammen, als würde ein Strudel versuchen,
sie in ein Loch zu ziehen. Meine Nerven tanzen
nervös. Ihre Klänge faszinieren mich so, dass ich
immer das Gefühl habe, dass nur ich sie hören kann.
Diese CD musste ich diesem Mädchen unbedingt
schenken, denn ich war mir sicher, dass auch sie
diese Klänge vernehmen würde. Aber sie weiß nicht,
wer ich bin. Sie kennt mich nicht und sie wird sich
fragen, warum und wieso. Vielleicht hätte ich etwas
auf die Rückseite des Covers schreiben sollen, aber
so weit habe ich nicht gedacht. Insgeheim glaube
ich, dass dies noch ein langer Spaziergang werden
wird, egal wie stark die Kälte mich einschüchtert.

*Deine Haut war noch sanfter, als meine Träume mir
offenbaren wollten. Sie verschlang mein Verlangen
regelrecht. Deine Hände waren überall. Mein Geruch hing in deinen Haaren, deinem Mund, an jeder
Stelle. Ich sah in dein Gesicht und hörte irgendwo
unser Drama geigen. Unsere Liebe war der Schmerz
einer Explosion und ich hatte mich getraut. Ich gab
dir mein Herz in die Hände, roh und ehrlich und du
hattest es aufbewahrt und es liebkost. Unser Haar
ringelte sich auf der Haut des Rückens und ein Lachen erwachte zum Leben, welches unsere Gänsehaut in die Arme schloss. Dein Finger tanzte seicht*

*auf meinem Körper und dein Beben ließ Schweiß-
perlen fallen. Wir wurden zu Geschichte und unsere
Stimmen starben in unseren Ohren. Unsere Lider
wurden schwer und umschlossen unsere verschlung-
enen Körper in eine ewige Erinnerung. Es war
geschehen. Ich hatte dich geliebt und dir meinen
Mut offenbart. Mein Gefühl der Vollkommenheit zog
sich in die Länge von Stunden, in denen uns die
Herrlichkeit begegnet war. Deine Gestalt aus Verlangen und Liebe entstand aus Zärtlichkeit, deren
Schönheit ich nicht zu beschreiben wagte. Ich geiß-
elte die Stille und wurde zu deiner Beschützerin.
Meine Schritte waren sachte und meine Bewegungen
fächerten leichte Luft, die den feuchten Körper tro-
cknete. Meine Lippen genossen noch einmal die
Stelle, wo dein Herz pulsierend den Wahnsinn such-
te. Du warst Poesie. Meine himmlische Poesie.*

***

Oft dachte ich, ich müsste fliehen. Mich verstecken in einem Winkel dieser Welt, den andere nicht zu betreten wagen. Oft dachte ich, ich müsste mich verbiegen, um atmen zu können. Vielleicht war es der Wunsch zu gewinnen. Irgendetwas zu gewinnen und so mein Leben zu rechtfertigen. Wie ein ewiger Kampf kommt es einem vor. Wie ein Schlauch, der einem das Licht aussaugt. Ganz versessen sind die Gedanken in meinem Kopf, ganz fanatisch mein Sehnen. Es beschreiben zu wollen, kostet die meiste Kraft. Es sind meist die falschen Worte, die wir benutzen, um uns verständlich zu machen. Zumindest denken wir das. Zumindest sagt man uns das. Doch Verständnis erlangt sich nicht durch Nicken und Zustimmung. Es entsteht und entwickelt sich dann, wenn die Seele eines anderen ermöglicht, glücklich zu sein. Frei zu sein. Das wollen wir doch. Frei sein. Vielleicht uns um nichts kümmern und um nichts Gedanken machen. Vielleicht weil wir Angst haben. Denn ist es nicht so wichtig, was ein anderer meint zu wissen über uns. Was die anderen meinen, bestimmen zu können. Diese Fehler, die man macht, diese die man hinterher als den bösen Traum betitelt, diese die man meint unter den herrschenden Händen anderer getan zu haben, diese sind es, die uns am meisten belasten. Es ist der Beweis dafür, dass wir manipulierbar sind. Man kann uns bewegen und richten, schubsen und stoppen. Leben lassen können wenige. Ich sehe oft diesen perversen Neid, den man auf andere Leben hat. Einen, den man nachvollziehen und verachten kann. Denn tragen wir nicht alle ein Hasspotenzial in uns, welches wachsen kann, wenn wir uns der Ernennung von Unrecht mächtig fühlen?

103

Liegt es an uns, an der Erziehung, an unseren Mit-
menschen oder an der stetigen Veränderung der
Welt, dass uns oft der Hass treibt. Oder besser, vor-
an treibt? Ich will es nicht wissen, vielleicht später
einmal, wenn ich mir sicher bin, diese oder wenigstens nicht viele von diesen um und in mir zu haben.
Zu sagen, ich sei nun bereit, wäre übermütig und
kindisch. Aber genau das ist es, was ich erreichen
möchte. Trotzig zu sein und mit dem Kopf durch die
Wand zu rennen. Ich habe es nun begriffen, dass ich
das nämlich nie war. Ich habe begriffen, dass ich das
nur für andere war. Immer und immer wieder war
ICH das Problem. MEIN Kopf. Doch ich war es
nicht. Nicht mein Kopf brachten Wände zum reißen
und nicht mein Kind in mir war es, welches die Welt
zusammenschrie. Im Gegenteil, ihr habt aus mir ein
schreiendes Kind gemacht. Und dennoch hab ich
mich nie empfunden gefühlt. Nie für aufgehoben
erklärt. Aber ich fühle, ich werde noch lange brauchen, um zu begreifen, dass es mich wirklich gibt.
Dass ich wirklich hier bin und dass ich leben darf.
Aber dies beweine und bedauere ich auch nicht,
denn das wird der lebenslange Antrieb bleiben es
herauszufinden.

***

Komm, lass uns die Welt retten. Schnall dich gut an und vergiss deinen Teddy nicht. Du brauchst doch jemanden, an den du dich ankuscheln kannst. Ich bin mir sicher, dass dein Teddy in unsere Welt gehört. Aber ich bin mir nicht sicher, ob die Menschen, die uns wichtig sind, dann auch noch bestehen in dieser Welt. Wir schaffen uns einen eigenen Planeten und haben die tollsten Superkräfte. Wir vollbringen, dass die Farbe schwarz nicht mehr dunkel ist. Wir vollführen, dass Tränen nach süßer Limo schmecken. Und wir vollenden, dass es keine Sehnsüchte mehr gibt und keine Verzweiflung. Wir sind immer ganz fröhlich und wir bestehen nur noch aus Sonne und duftenden, bunten Blumen. Jede duftet nach Hoffnung und nach Liebe. Ich bin gerne bereit, euch ein paar Blumen zu schenken. Oder wenigstens ein paar Samen. Ihr könnt sie dann anbauen bei euch.

Wir machen, dass Autoabgase und der Gestank in Bahnhöfen nach Karamell und Erdbeeren riechen. Und jeder Zug bringt neue, liebe und nette Menschen mit zu uns auf den Planeten. Wir machen, dass die Angst um ihr Leben rennt und schließlich verliert. Ja, und weil das Misstrauen der beste Freund der Angst ist, geht es mit ihr. Von nun an werden Kriege große Treffen sein, bei dem jeder Geschenke mitbringt und man sich nett begrüßt. Wir haben auch extra eine Turbo-Kaffeemaschine entwickelt, damit jeder einen Kaffee bekommt. Wir machen, dass die Sterne noch heller leuchten und bestimmten Menschen ein wenig von ihrem Licht abgeben. Der Mond wird unser Therapeut und die Nacht ist das Wartezimmer. Wenn man nachts Schritte hört, wird man sich nicht mehr panisch umdrehen, sondern erfreut stehen bleiben und dankend die Sprühsahne entgegennehmen. Die Luft wird von süßen, rosa Herzchen nur so wimmeln, die nach Lipgloss riechen und überall werden vierblättrige Kleeblätter wachsen…

Aufstehen. Es ist Zeit. Du trägst keine Liebe in dir und deine Augen sind schwarz. Meine Tränen schmecken abartig. Und die Bahnhöfe riechen nach Urin. Mir kommt es vor, als wenn die Sterne sich immer weiter von uns entfernen und die Schritte in der Nacht immer lauter werden. Und statt Geschenken und Kaffee, gibt es Gewehre und Blut.
Verdammt noch mal, jetzt rettet endlich die Welt.

***

Ich weiß noch, dass du Häuser gemocht hast, die sich dem Himmel anpassten. Ich hab dann immer Kopfkino gespielt und mir vorgestellt, wie du das wohl meinen könntest.

Irgendwann kam ich auf die Idee, dass du das Haus bist und ich der Himmel. Die Vorstellung hat mir gut gefallen. Morgens schaute ich zu dir auf und abends ging ich über dir unter.

Wir haben uns immer gerne geküsst und uns gern lange in die Augen geschaut.

Um in deinen Augen versinken zu können, musste ich mich keineswegs anstrengen, weil du es zugelassen hast. Egal wo, im Zug, im Bett, auf der Straße, während eines wichtigen Gesprächs, im Traum, beim Frühstück, beim Weinen.

Manchmal haben wir uns angeweint, um auf Worte zu verzichten. Ich habe gern mit dir Rucksäcke gepackt, um anschließend Hand in Hand mit dir in ein unbekanntes Ziel, durch alle Wege und Untergründe zu rennen. Wir hatten ja uns und unsere Nähe, die nie unerträglich wurde. Sie schwebte sanft und kaum merkbar über uns, so wie ich morgens über dir.

Auf uns wartete niemand, weil wir selber vergessen hatten, wie Warten geht. Aufeinander mussten wir nie warten, weil wir immer zusammen waren.

Wir spielten gern mit den nackten Füßen im nassen Gras und lachten über jeden einzelnen Zeh. Erdbeeren hatten wir auch gern und Musik.

Das alles gibt es nicht mehr, weil Veränderung die Zeit prägt. Ich habe dich verlassen, aber habe es mit keinem schlechten Gefühl getan.

Mit einem Gefühl etwas Schönes und Ungewöhnliches abgeschlossen zu haben. Rein in meine große

Truhe Herz. Ich sehe die Welt wieder, nur mit meinen Augen, bis irgendwann.

***

Hast du schon mal so etwas wie Schuld gekostet? Gefragt, wie es ist zu warten ohne hin und wieder. Verlangt mit der Verzweiflung zu kämpfen? Du schulst dich in Gedanken zurückziehen und Fehler vorwärts treiben. Feige vergehst du in den Augen. Weißt nicht mal, dass man dich durchschaut.
Du bist ein Fleck. Nur einer, der nicht rausgehen möchte. Einer, der verblasst, aber tief in den Fasern meiner Seele verweilt.
Gegraben bis ins Ende hast du dich und möchtest noch tiefer. Tiefer ins Nichts. Anschreien, bespucken und erniedrigen das tust du nun nur noch in meinen Träumen. Es ist dennoch schlimm. Du wärst in der Lage, all mein Glück in einem Traum zu zerstören.
Ich sehe, wie dein hässliches Grinsen die Nähte eines neuen Anfangs ziehen. Langsam und dann immer schneller.
Schlaufe für Schlaufe werde ich kleiner und du größer und größer. Ich hasse dich und ich habe dich immer gehasst. Ich werde nie vergessen, dass ich dich hasse aber ich werde vergessen, dass ich mal dachte, dich geliebt zu haben. Meine Arme, meine Beine, mein Bauch, mein Kopf all diese hast du zerstört. Aufgeschlitzt und sie dem Erdboden gleich getreten. Es gab Nächte, in denen ich dachte, diese werde ich nicht überstehen aus Angst dich nicht überstehen zu können. Deine Macht nicht überleben zu können.
Was blieb mir anderes als zu glauben, dich zu lieben. So wusste ich wenigstens, warum ich all das tat. Warum ich dieser Mensch geworden bin und weshalb mein Körper das verdiente, was er bekam. Von dir. Ich möchte, dass du mich verlässt. Dass du deine fettigen Krallen aus meinem Hirn entfernst und an

deiner Grausamkeit elendig verreckst. Ich wünsche,
dass die Schuld dir nun aus jeder Pore deines Körpers tropft und du weißt, dass selbst das Warten
keinen Sinn mehr hat. Denn niemand wird kommen
und dir verzeihen. Dieser Niemand bin ich.
Denn ich weiß, auch du wirst nicht vergessen, dass
du mich ohne Grund gehasst und gequält hast.
Es wird sehr böse und hart werden und dein Tod
wird kurz vorm Ende immer wieder zu dem Anfang
zurückkehren, damit du verstehst, wie oft du mich
hast sterben lassen.

***

Ihre Seele hast du zu deinem ganz persönlichen Theater gemacht. Applaudiert hast du für sie. In die Hände geklatscht und Tränen waren auch zu sehen. Die Begeisterung überwältigte dich. Eintritt hat sie nie verlangt und du musstest auch keinen Stempel auf deiner Hand tragen als Zeichen, dass du dort willkommen warst. Das Mädchen hat dich rein gelassen und dir jede Tür gezeigt. Manche Türen waren mit Schildern versehen, manche nicht. Hinter jeder Tür waren schon längst vergessene Zeiten und Gefühle. Für dich hat das Mädchen jede Tür geöffnet und alles zurückgespult. Damit du den Wind auch mal in den Haaren spürst und weißt, wie es sich anfühlt, die Vergangenheit zum gegenwärtigen Schatz zu machen. Jetzt sitzt das Mädchen alleingelassen und mit zertretener Seele auf einem Stück Steintreppe. Die schwarze Perlenkette mit deinem Anfangsbuchstaben hängt glanzlos um den schwachen Hals. Jetzt hat sie aufgegeben und kann die Tür öffnen, ohne dabei das Zittern unterdrücken zu müssen. Im Traum hat sie sich die Füße wund gelaufen und dir die Ängste aus dem Gesicht gestrichen. Nun muss sie sich nicht mehr im Spiegel anschauen und sich fragen, ob dir wohl ihre Locken heute gefallen.
Jetzt stehen keine Ein-Wort-Nachrichten mehr an deinem Spiegel und keine Musik läuft nun mehr, wenn du nach Hause kommst. Denn das Mädchen hat die Türen wieder geschlossen und verlangt jetzt gelegentlich Eintritt. Außerdem ist der Platz auf der Steintreppe nicht mehr warm und die Perlen glänzen nun ohne einen Buchstaben an ihrem zarten Hals.

***

111

Ihre Haut ist weiß. Ihre Leberflecke schimmern schwarz auf ihrer Haut. Sie schaut leer in deine Fülle. Wo ist sie hängen geblieben? Heute mal wieder.
In den Zweigen deiner Träume, die orientierungslos in der windstillen Gegend hin und her flattern. Ihre Schritte sind taub. Sie hören deine nicht, um ihnen zu folgen.
Ihr Mund ist angehalten. Deine Augen hat sie sich in die Taschen gesteckt. Dich hat sie im Schrank zwischen alten Kleidungsfetzen und Pappkartons versteckt. Sie wippt sacht auf dem alten Bett und denkt sich Kälte in das Zimmer. Denkt sich Wärme in ihr Herz. Manchmal traut sie sich, vor dem Schaufenster zu stehen und sich das Kleid dort drinnen zu wünschen, damit sie es Tag und Nacht anbehalten kann. Für den Fall, du könntest auf einmal wieder da stehen und sie lieben. Sie verbietet sich das leise Lächeln, wenn Haare ihre Wangen kitzeln. Wenn sie das Rauschen schmerzender Sehnsucht in ihren Fingern spürt. Wenn das Herz nach Zärtlichkeit schreit und sie auf den Boden fällt. Sich verfängt, ihn ihren Splittern aus verdorbenem und verkommenem Leben. Der Rauch in ihrem Kopf verflüchtigt sich, wenn der Zug kommt. Sie spürt ihre rote Nase. Bis dort hin ist es nicht weit. Sie hat eine Muschel dabei. Du hast sie ihr geschenkt, einen Gedanken, nachdem du sie gefunden hast. Mit den Fingerspitzen gräbt sie ein kleines Loch, streichelt über die Muschel und bettet sie in das kleine Loch ein. Es ist wieder kalt. Der Zug kommt. Unter ihren Fingernägeln zeichnet sich dunkel Erde ab.

***

Ich weiß nicht, wie oft ich versucht habe, die letzten Buchstaben des roten Eddings von der Haustür zu kratzen, die du einmal klagend dort hinterlassen hast. Manchmal warst du seltsam und manchmal habe ich so getan, als sei ich wortleer. Einfach nur, um so zu tun, als sei ich interessant. Am Anfang hat es geklappt und ich habe gefühlt, wie du dir vorgestellt hast, wie es ist, wenn ich masturbiere. Deine Zähne haben jedes Mal aufs neue deine Lippen unsanft in die Mangel genommen und nur so aus Spaß strich ich langsam mit der Zunge an der Spitze des Strohhalms entlang, der verloren in dem Glas vor mir schwamm. Dabei habe ich gedacht, dass ich nicht mit dir auf der Bahnhofstoilette verschwinden kann, weil meine Beine nicht rasiert sind und ich Angst habe, dass dir meine Brüste zu klein sind. Du sagtest oft, dass ich in der falschen Zeit geboren sei und eigentlich die schöne Tochter eines Königs sein müsste und er der Sklave, der sich unsterblich in mich, die Prinzessin, verliebt. Ein Drama, wie es nur in Büchern steht. Vielleicht hattest du recht und ich bin nur ein kopfloses Mädchen ohne Sinn und Ziel. Irgendwann habe ich mich dann von dir ficken lassen, wenn auch damals meine Beine ebenfalls nicht rasiert waren und ich schützend wie ein kleines Kind die Hände vor meine Brüste hielt. Ich glaube, du hast es nicht mal bemerkt. Es kam mir so vor, als wolltest du fanatisch etwas an dich reißen. Etwas ganz tief in mir drin, was du nur mit deinen festen Stößen in meinen Unterleib bekommen würdest. Beim Orgasmus sahst du hässlich aus und ich schloss die Augen und griff fester um meine Brüste. Meine Brustwarzen waren nicht steif. Ganz weich und warm prangten sie auf meinem kleinen Busen und nur ich konnte das fühlen. Als du eingeschlafen warst, konnte ich mit meinen Zehen die kleinen Hügellandschaften des Lakens erkunden und dachte daran, dass ich gerne abhauen würde. Gleich, so nackt wie ich war, dort aus dem Fenster und dich davor vielleicht noch mit Benzin übergießen, damit du gleichermaßen in Flammen aufgehen kannst. Und wenn ich dann zum Sprung ansetze, würden sich kräftige Flügel aus meinen Schulterblättern befreien, die mich hoch hinaus über die Lüfte schweben lassen.

***

Worte finde ich sehr
edel.
Sie zu sprechen sehr
mutig.
Sie zu schreiben sehr
geheimnisvoll.
Sie zu finden sehr
bewundernswert.
Sie zu meinen sehr
bewusst,

doch auf sie zu verzichten
sehr ehrlich.

***

Wir sind nur ein Teil von uns. Und alle die, welche ein Ganzes ergeben, teilen sich in der Materie, welche eine Einheit ergibt. Der Widerspruch ist der verdunstete Rauch einer Wunde, welche bei Antworten klafft. Kraft dividiert sich mit einer Anzahl aus Schwächen, die durch Niederschläge eine Summe ergeben. Weil die Wahrheit nur ein Bruchteil einer Sekunde ist, wird die Lüge in ein paar Worten zu einem Loch, gefüllt mit Schutt und Asche. Und weil nur unsere Hände die Welt in Armen tragen, ergeben Beine einen Sinn, den man als eine Angst erkennt. Nur wenn Schweiß anfängt zu perlen und wenn Stimme beginnt zu sterben, eröffnet sich uns die schlafende Vernunft und unsere Monster asphaltieren unser Hirn zu einer begehbaren Straße für jede Lüge dieser Welt. Unsere Träume erliegen der Wahrheit eines anderen Traumes und eine andere Existenz schleicht sich ein. Wir sind der Unfallort einer großen Baustelle mit Namen „Ich". Durch ein „Wir" wird das einsame „Ich" geboren. Und durch ein „Alles" wird es ermordet.

***

Ich mag dir einen Stein an den Kopf schmeißen. Sie hakt sich ein bei ihm. Er ist groß. Er weint manchmal, wenn sie ihn anlächelt. In der Luft hängt der Wahnsinn. Er schubst sie. Sie liegt auf dem Boden. Die Erde bröckelt ihr in den Mund. Sie erstickt. Er weint. Sie gehen weiter. Gemeinsam zählen sie die Blätter, die vorbeifahrenden Autos und ihre vergangenen Stunden. Sie streichelt ihn an der Hand. Er schmeißt sie ins Wasser. Es ist kalt. Unter Wasser sieht sie seine Umrisse mit der Masse verschmelzen. Nun weint sie. Sie greift nach ihrem Gesicht. Sie ertrinkt. Er weint. Nun nimmt er ihre Hand. Sie rennen durch nasse Gräser und durch Müll, der aus den Fenstern fliegt. Sie schweben. Sie leben. Sie rutschen aus. Verlassen die Sonne. Die Richtung hat sich ihr in den Kopf gerammt. Sein Atem hängt ihr im Mund. Sie liegen auf heißem Asphalt und sie denkt an den Geruch von Gemüsemärkten und an den Geruch seines Bettes. Das stickige Loch. Der unendliche Schlaf, der sich unter der Decke versteckt.

***

Ganz tief im Schnee versunken schreibe ich dir ein Gedicht. Streichle es zärtlich mit Worten, welche es gierig verschlingt. Mit der Feder offenbare ich dem Papier, wie sehr meine Tinte es verehrt. Zarte Flocken verirren sich an den Spitzen meiner Haare, die sie noch spitzer machen, weil sie sich dann bald in Wasser verwandeln und Haar für Haar enger aneinander drücken. Ich denke darüber nach, wie ich dir dichten kann, dass ich Afrika, Asien, Amerika, Australien und die Antarktis mit dir entdecken möchte. Ich höre den schwerfälligen Ästen zu, die von Schnee belastet fluchend aus Zeiten erzählen, die sie als schöner empfanden und muss ein wenig schmunzeln. Neben mir verlangt eine Flasche voll mit heißem Tee seinen Dampf in den Wind pfeifen zu dürfen und meine Feder hüpft auf und ab, kann es kaum erwarten noch mehr Worte zu gebähren, selbst das Wasser eines Baches nicht weit von dem Baum entfernt scheint aufgeregt von einem Erlebnis erzählen zu wollen. Am liebsten würde ich herzlich sagen: „Aber Kinder, Kinder, doch nicht alle auf einmal… ihr müsst euch schon zu Wort kommen lassen, damit ich auch jeden eurer Wünsche erfüllen kann." Dann wird es leiser und ich beobachte wie die Stille Respekt vor meiner Konzentration zeugt, herauszufinden, wie ich dir nun Afrika, Asien, Amerika, Australien und die Antarktis dichten kann.

***

Ich weiß viel zu denken,
doch zu sagen nur halb so viel.
Manchmal suche ich das Vergessen
und dann wieder die Erinnerung.
Das Gefühl, nicht verstanden zu werden,
zerfrisst die Existenz
und die Seele den Kopf.
Ich zerfresse mich manchmal selbst.
Mit dem Kopf weiß ich nicht wohin,
deshalb sind da meine Finger,
der Mund, die Menschen.
Ich laufe durch die Welt,
um zu verstehen, zu sehen,
Schmerzen kennen zu lernen,
Glück zu verarbeiten.
Ich habe mich nach vorne gesetzt,
ohne was dafür zu tun,
da hinten links ins Leben,
um zu hinterfragen, was ich lebe.
Erzählen kann ich gut,
dass euch die Augen Fremdkörper werden und sich
die Münder auf und davonmachen.
Die Worte, die mich umkreisen
und sich auf die Haut niederlassen,
den Mund nicht oft treffen,
sind Mörder meiner Gefühle.
Ich bin da, um Lebenslieder zu malen
und zu finden und nicht um zu suchen.
Ich mag euch die Welt
auf die Stirn kleben und anschließend
aus ihr eine Gedankensackgasse machen.
Den Geruch des Gefühls
müsste man riechen können

und dann nicht die Gabe verlieren,
sich daran zu erinnern.
Die Welt will ich photographieren
und mein Herz soll das Fotoalbum sein.
Dies will ich euch singen und schreiben
und euch dann verlassen können.

***

Danksagung

Mein besonderer Dank gilt meinem Freund
Thorsten, weil er die nötige Geduld für dieses
Projekt aufgebracht hat.

Meiner Mama, weil sie immer an mich glaubt und
dies auch immer tun wird.

Meinem Papa für die finanzielle Unterstützung,
meinem besten Freund und Cousin Yuhanin
für seinen treuen Beistand und das große Vertrauen
in mich.

Allen Usern auf jetzt.sueddeutsche.de, die mich
sowohl mit positiver als auch mit negativer Kritik
unterstützt, bestärkt und zu meiner literarischen
Entwicklung beigetragen haben.

Und meinen Brüdern Dennys und Miguel,
weil sie da sind und mich lieben.

Eure Sina